Bグループの少年 7

The Boy Who belongs to Group "B"

櫻井春輝
Sakurai Haruki

Main Characters
主な登場人物
Group
B
桜木《さくらぎ》亮《りょう》
本編の主人公。16歳。
とある理由で目立つことを避け、
Bグループに紛れ込んでいる。
Group
A
鈴《すず》木《き》梓《あずさ》
Aグループの眼鏡美人。16歳。
人間観察&分析が趣味。
特技は合気道と恵梨花の撮影。
Group
A
山《やま》岡《おか》咲《さき》
無口なAグループ少女。17歳。
親しい相手以外には基本無表情。
負けず嫌いな一面もある。

藤本純貴《ふじもとじゅんき》
恵梨花の兄。21歳。
度を超えたシスコン。
大学空手で全国大会に
出場経験あり。
藤本雪奈《ふじもとせつな》
恵梨花の姉。18歳。
亮に救われた過去を持つ。
近所の大学に通っている。
Group
A
藤本恵梨花《ふじもとえりか》
本編のヒロイン。16歳。
アイドル並みのAグループ美少女。
明るく優しい性格でファンが多い。

純貴が間合いを潰して、正拳突きを繰り出してきた。
亮は首を逸らし、横に一歩踏んで避けた。

純貴が驚きの声を上げる。
「なっ――!?」

CONTENTS

Bグループの少年7

第一章　エピローグでプロローグ

姉の恩人である「ゴールドクラッシャー」を探しに、泉座《せんくら》を訪れた藤本恵梨花《ふじもとえりか》と、彼女に同伴した鈴木梓《すずきあずさ》、山岡咲《やまおかさき》、桜木亮《さくらぎりょう》の四人。

探し人が、亮本人であったと発覚したこの日。亮は親友の藤間瞬《ふじましゅん》が主催する喧嘩《けんか》祭り、通称ストリートプライドに参戦することになってしまった。

不本意ながらもリングに上がり、圧勝を収めた亮。

祭りは終わり、今はその打ち上げ時間である――。

ストリートプライド――ストプラが行われていた会場は、熱狂的と言って差し支えないほどに、盛り上がっていた。

どこを向いても、ギャングが、ギャルが騒がしくしている。

飲み食いをしているグループもあれば、ワイワイと楽しそうに雑談をしているグループもあり、中には今にも掴《つか》み掛からんばかりに言い合いをしているグループもある。

たまに、顔に怪我や痛々しい痣《あざ》のある者がいたが、恐らくはストプラ出場者なのだろう。

兎《と》にも角《かく》にも、彼らは体に満ちたエネルギーを発散させるように、この会場にいるだけでその熱量を感じさせるほどに、このストプラの打ち上げを楽しんでいた。

会場の一角で、梓はノンアルコールカクテルをチビチビと飲みながら、目の前でガツガツと、まるで飲むように食事を摂《と》っている亮を見ていた。

「はい、追加の料理持ってきたよ、亮くん」

厨房のあるカウンターから受け取ってきたのだろう、恵梨花がたんまりと料理の載った大皿を持ってきて、亮の前に置いた。

「――ああ、ありがとよ」

それだけ返すと、亮は忙《せわ》しなく口をモグモグと動かして食事を再開する。

「相変わらず食うな、お前は……」

瞬が呆《あき》れ交じりに苦笑する横で、本塚智子《もとづかともこ》が頬を引き攣《つ》らせている。

「な、なんか見てるだけで胸焼けしそう……」

その言葉に梓は咲と一緒に、相槌を打った。

恵梨花は愛想笑いをするように苦笑している。

「私はもうけっこう慣れてきたかも……」

「こいつの弁当毎日拵《こしら》えてるんだよな、恵梨花は？」

瞬に聞かれて、恵梨花は頷《うなず》いた。

「よくまあ毎日やってられるな……亮の母さんぐらいかと思ってたぜ、こいつの食べる量を用意出来る人なんて」

「あ、中学生の頃もやっぱりすごい量だったんだ？」

「ああ、こいつは早弁用と昼用と持ってきてたからな」

「は、早弁用って……」

恵梨花はここで皆と同じく、頬を引き攣らせた。

「でも、それって毎日？　早弁なんて普通怒られるんじゃないの？」

智子のもっともな問いに、瞬は頷いた。

「まあ、普通は禁止だ。だが、亮の場合は黙認されてたな」

「え、なんで」

「亮が腹をすかせたままでいるのは不味《まず》いと、先生たちが理解していたからな」

ちょっと何を言ってるのかわからないという顔をする三人娘プラス智子。

「は？　え……いや、だからって、亮だけ許されてたって訳？」

「ああ、そう判断せざるを得ない出来事があったからな」

「出来事……？」

首を傾《かし》げる女子達を前に、亮は口をモグモグさせながら瞬をギロリと睨んだ。

——お前、何を話すつもりだ。そんな視線を受けながらも、瞬はどこ吹く風と話を続ける。

「ああ、何せ亮は、学校から『災害』に指定されてたからな——聞くか？」

片目を瞑《つむ》って告げられたその言葉に、梓は目を瞠《みは》って恵梨花と顔を見合わせた。

（それって、さっきは聞けなかった話じゃ……）

梓達がこの会場に着いて、瞬と顔を合わせてからすぐ。

瞬が、亮を遠くのトイレへ追いやった時のことを、梓は思い出していた。

◇◆◇◆◇◆◇

「亮がいない間に聞かせろよ。彼女がどうやってあの亮を、俺の親友を落としたのか。代わりに俺も、中学の時のあいつのことを話してやる。どうせ、あいつのことだから、碌《ろく》に中学の時の話はしてないんだろ？　どうだ？」

亮を追い出した瞬からそんな提案を受けた梓達は、もちろん了承した。

その際にまず、瞬がレックスのヘッドだという話を聞いた。

「さて、俺のことはもういいだろ。亮のことを——」

「もう一つだけ、聞かせてくれるかしら？」

梓が待ったをかける。

「ほう？　時間も押してるが、それでも聞きたいことかい？」

「ええ、すぐに済むわ。先ほどあなたが恵梨花を亮くんの彼女だと思った……いえ、推測した根拠を聞きたいわ。さっきの恵梨花への確認の仕方から、この部屋での亮くんと恵梨花の接し方を見て判断したとも思えないのよね、違う？」

すると瞬は僅《わず》かに目を瞠り、声を立てて笑い始めた。

「はっはっは、なんだこの女は、チー子？　短い時間、一緒にいるだけで、何もかも見透かされるんじゃないかと思えてきたぜ」

「だからさっき言ったでしょ、この子は別格よ」

「なるほどな……梓、あんたがそう思ったのなら、それは確かに聞きたくなるかもな」

「では？」

梓が身を乗り出して聞くと、瞬はニヤリと笑い、彼女が狙った通りの答えを返してきた。

「ああ、亮の好みから判断したよ」

「それを是非、聞かせてもらいたいわ」

梓は小悪魔の如く微笑んだ。

「え、え……？　亮くんの……好み!?」

「ええ、そうよ。恵梨花、しっかり聞いておきなさい」

「ええ⁉　聞いても……いいの？」

恵梨花は怖々と、聞きたいような聞きたくないようなという顔をするが、それでも聞かずにはいられない様子だ。

「なに、これはここだけの話――なら問題ないよな？」

瞬は口の前に人差し指を立て片目を瞑って、茶目っ気たっぷりに笑ってみせる。

非常に様になっていて、恵梨花のオーラへの耐性がなければ思わず見惚《みと》れそうになるところだったが、梓は短く頷いて同意を示す。恵梨花、咲、智子もだ。

「じゃあ、ざっくばらんに説明させてもらうとするか。ちょっと失礼な言い方をするかもしれないが、そこは勘弁してくれ」

「ええ、どうぞ」

「まず、あいつは綺麗系より可愛い系が好みだ、そしてロリの気はない。つまりこれだけで、恵梨花が筆頭候補に浮上する――が、もちろんそれだけで判断した訳じゃない」

「続けて」

恵梨花が喉を鳴らすのを耳にしながら、梓は先を促《うなが》す。

「可愛い系の中でも、超がつくほどの正統派。しかし、見た印象だが、芯《しん》はそれなりにしっかりしてそうで、フワフワポワポワしたようには見えない。気が強いところもあるんだろうが、滅多にそれを表に出さなそうなところもポイントだ。体つきは細いが、細過ぎることなく、ガリガリではない。亮ならちょうどいい肉付き加減だと判断するだろう。もうこれだけで、見た目は完全に亮の好みなんだが――極め付きがそれだ」

瞬は恵梨花の体の一部をビシッと指差した。

「その、服の上からでもわかる大きな胸――大き過ぎてお化けみたいなのは流石《さすが》に顔をしかめてたこともあったが、恵梨花のはその範囲には入ってない――心配するな、そこから三カップ上がっても、亮なら十分に喜ぶ。もしくは少し下がったとしても、まあ問題ないだろう。つまり総合すると、恵梨花は亮の好みのストライクゾーンど真ん中もいいところ。いや、亮の好みが服着てるようなもんだな――自信持っていいぞ」

瞬が言い切ると、部屋に奇妙な静けさが舞い降りた。

少しして、智子がぷっと噴き出し静かに肩を震わせ始めた。

声を立てないよう口を押さえて我慢しているようだが、顔は真っ赤でついに限界を突破した。

「あはははははは!!　瞬くん、それ本当!?」

「中学時代を一緒に過ごしたんだぞ、俺達は？」

心外そうに言う瞬のその言葉には計り知れない信憑性《しんぴょうせい》があった。

「あはははははは!!　マジだ！　本当なんだ!?　あはははは!!」

ソファーの上で転げる勢いの智子の笑いっぷりは、梓の記憶にないもので、梓の中の智子のイメージが少し崩れる。

「本当なの⁉　それ⁉」

そんな智子の様子など目に入っていないのか、すごい剣幕で恵梨花が瞬へ身を乗り出した。

「ん？　ああ、自信持っていいぞ、あんたは間違いなく亮の好――」

「そっちじゃない！」

「……？」

「もうちょっと大きくなっても本当に大丈夫なの⁉　三カップなら大丈夫なの⁉　ねえ、本当⁉」

「あ、ああ……」

恵梨花の形相《ぎょうそう》の真剣さは相当で、その迫力はこの街の王をたじろがせたほどだ。

「恵梨花、あなた、まさか――」

恵梨花の言葉から、梓は信じられない思いになる。

「――まさか、もう既にFの領域へ？」

ついこの間までDで、最近Eになったばかりのはず。恵梨花に内緒で亮に耳打ちしたのも、記憶に新しい。

「――は⁉」

恵梨花が我に返り、しまったと言わんばかりの顔で梓に振り向く。

「そうなのね、なんてこと――あたしの予想成長曲線が大きく外れるなんて」

「ち、違う！　まだいってない！　ギリギリE――ああ⁉」

「そう……もうすぐFなのね、どっちにしても信じられないわ」

梓はゆっくりと、何度も首を横に振る。

「違うの！　最近ちょっと太っちゃって……！」

「？　何言ってるの、どこも太ったように見えないわよ。それに、普段から食べすぎないようにしてるのに、どうして太るなんてこと」

「だ、だって、亮くんと一緒にいると、その……亮くん、よく買い食いするし……」

「その付き合いで恵梨花も食べてしまうと……？　でも、おかしいわね。本当に太ったようには――はっ!?」

「……全部、胸にいってる」

咲が、梓の気づいたことをボソッと口に出した。

「そ、そんな馬鹿な……」

一体どこまで、そしてどれだけの早さで成長をするというのか。

唇を震わせて慄《おのの》く梓を前に、瞬が冷静な考察を突きつける。

「……なるほど、もっともな話だな。亮と付き合って大きくなったのなら、これから更に大きくなる可能性が――」

「言わないで――!!」

恵梨花は耳を塞《ふさ》ぎ目までギュッと瞑って、それ以上聞こうとしなかった。

苦笑する瞬の隣で、智子が恵梨花を宥《なだ》めるように声をかける。

「まあ、落ち着きなさいよ、恵梨花ちゃ――恵梨花でいい？」

「え、あ、はい」

「うん、恵梨花？　太った分が全部胸にいくなんて奇跡初めて聞いたけど、だからといって、いくらなんでも今から三カップも上がるなんてことは流石にないでしょ」

「ほ、本当ですか⁉」

恵梨花は救いを見つけたような顔で智子に縋《すが》った。

「……多分」

されど智子は視線を逸らして、そう答えた。

「あああああ――⁉」

再び絶望に突き落とされた恵梨花が、両手で顔を覆って泣き崩れる。

「会長……恵梨花で遊ばないでください」

一番恵梨花で遊んでいる梓が恵梨花を撫でながら言うと、智子は舌をペロッと出して悪戯《いたずら》っぽく笑う。

この笑顔も生徒会室では見たことないもので、梓は戸惑わざるを得なかった。ただ、今の智子は非常に魅力的な女の子に見えて、それが何故だか嬉しくもあった。

「ふふっ、ごめんなさいね。余りに可愛かったものだから」

「それは、よーくわかりますけど、亮くんとも関わってることですから、これ以上は――」

「はいはい、わかってるわよ。もうからかいません」

宣誓するように片手を挙げて微笑む智子に、梓はつい苦笑を零した。

「まあ、仮に大きくなり過ぎたとしても、亮は嫌がったりしねえよ。心配するな」

諭すような瞬を、恵梨花が捨てられた子犬のような目で見上げる。

「ほ、本当に……？」

「ああ、俺を信じろ。それに好みが完全にマッチしたからといって、簡単に惚れる亮じゃねえ。亮に惚れさせる何かをあんたは持ってるんだ、自信持って亮と付き合ってればいい」

「あ、ありがとう……」

「ああ。じゃあ、聞かせてくれるかい？　あんたがどうやって亮を落としたのか――？」

瞬はソファーにもたれ優雅に足を組むと、話を聞く体勢を作って不敵に笑った。


「――それでね、私が階段から落ちて足を捻《ひね》ったのに気づいた亮くんが、何したと思う？　私のこと、こう抱き上げてくれて――きゃー!!」

先ほどまでの落ち込みようはどこへやら、恵梨花が嬉々として亮とのエピソードを話しまくる。

出会った時のこと、初めて教室に行った時のこと、屋上でお昼を食べたこと。

裏道を二人で帰ったこと、デートしたこと、映画を観て盛り上がったこと、お弁当を亮が残さず全部食べてくれたこと。

その後少し避けられて悲しかったこと、亮のケンカを見たこと、絶交しようとした亮をビンタしたこと。

告白されたこと、次の日大勢の前で告白し返したこと——と、瞬からするとここまで聞けばもう十分だった。

亮が陥落《かんらく》する成り行きを聞きたかったのだから。

しかしながら、亮とのことを学校では大っぴらに話せないことの反動か、恵梨花の話はまだまだ止まる気配がない。

「——それで保健室で亮くんが、私の足に丁寧に包帯巻いてくれてね——」

球技大会のくだりが終わって更に話を続けようとしたところで、瞬は梓にアイコンタクトを送った。

（いい加減、止めてくれ）

（……そうね）

今日初めて会った相手だというのに、梓は正確にメッセージを受け取っていた。

この調子で恵梨花に話を続けさせたら、瞬の話を聞かないまま亮が帰ってくる恐れがある。

いや、もういい加減、帰ってきてもおかしくないだろう。

「恵梨花、そろそろいいんじゃない？」

「え、そ、そう……？」

物足りなさそうな恵梨花が可愛くて抱きしめたくなったが、梓はぐっと我慢した。

「ええ、もう十分よ……瞬くんから亮くんの話、聞きたくないの？」

それを聞くと、恵梨花はハッとなった。

「聞きたい！」

「……じゃあ、お願いするわ」

梓が促すと、瞬は苦笑いを浮かべて体を起こした。

「さて、じゃあ、何から話すか――」

「あ、その前に。恵梨花の話を聞いて、思ったことを聞かせて欲しいわ、親友の立場として」

「それもそうだな――まあ、亮がどう落とされたのかはよくわかった。あと、互いにベタ惚れだということとも」

「え？　そ、そう……？」

嬉しそうに顔を赤らめる恵梨花に、瞬は穏やかに微笑んだ。

「ああ。今日、あいつを最初見た時はちょっと驚いてな――話を聞いて納得がいった」

「それはどういう……？」

梓の詳細を求める声に瞬は頷いた。

「そいつについても話す。まずは、恵梨花の話を聞いた俺の所感を言うと――そうさな、恵梨花は意図せずに、亮を超効率的に最短ルートで最速攻略した、ように思ったたな」

「ふむ……詳しく」

「ああ、まず容姿が亮の好みとフルマッチ。それだけで好感度は高かっただろう。だが、さっきも言ったように、それだけではあいつは惚れない。高校に入った――いや中三の時からあいつは自分の中に壁を作っていたからな、尚更《なおさら》だ」

「……確かに、壁はあったわね」

思い出しながら梓が相槌を打つ。

「ああ、だから亮に逃げられた次の日、教室まで行ったのは大正解だった訳だ。そこでグイグイ行かなけりゃ、一週間も経った頃には亮の頭から恵梨花のことは綺麗サッパリ消えてただろうよ」

「……有り得るわね」

「その後も積極的に行ったのはもちろん◯《マル》だ。そして決定的なのが、デートの日だろう」

「サイドポニー恵梨花の可愛さにやられたのね」

「それもあるだろうが、決定的要因にはなり得ない。心当たりあるんじゃないか、恵梨花？」

「……お弁当？」

「ああ。知ってると思うが亮は中三の時に両親を亡くしている……もう少しで二年か、早いな……。まあ、それだけの間、当然のことだが、亮はお袋さんの料理を食べていない。もちろん、弁当もだ。毎日毎日大きな弁当を拵えてもらってたんだが、それがなくなった喪失感はどれほどだったか……」

痛ましそうに眉を寄せる瞬に、恵梨花は思わず聞いていた。

「あの、もしかして亮くんのお母さんのこと知って……？」

「ああ、よく知ってるよ、いい人だった。俺みたいな悪ガキだろうと、いつも歓迎してくれて、顔を合わせれば、ご飯食べてく？　ってしょっちゅう晩飯に呼んでもらったな。父子家庭で育った徹《とおる》なんかは、亮のお袋さんの家庭料理に感動して、亮がいなくてもお袋さんに会いに家に行くほど慕ってたぐらいだ。綺麗な人でおっとりして、でもしっかりしていて、時に俺達を叱ったりして……本当にいい人だった」

瞬の言葉には、聞いているこちらの胸が痛くなるほど、実感がこもっていた。

「そうだな、今思えば恵梨花、お前に――」

言いかけたところで瞬は恵梨花を凝視し、次第に驚いたように目を見開いた。

「わ、私が何……？」

困惑する恵梨花の声に、瞬はハッとすると、突然声を立てて笑い始めた。

「はあっはっはっは！　なるほど、なるほどな!!」

膝《ひざ》を叩いて一人納得したように何度も頷く瞬に、訳がわからず、恵梨花は梓と顔を見合わせた。

「ど、どうしたの……？」

恵梨花が尋《たず》ねると、瞬は笑いを噛み殺しながら首を横に振る。

「ああ、実は――いや、流石にこれはやめとくか、武士の情けだ。恩に着ろよ、亮」

そう言って瞬はニヤリと笑うと、口を閉ざした。

気になるが、聞いても答えてはくれないだろう。

「じゃあ、さっきの続きを話すか。亮は弁当を食えなくなった訳だが、ないものは仕方ない。ない生活に慣れるしかない。そして高校に入り、一年が経って弁当のない生活に慣れ切ったところで、不意打ちの恵梨花の弁当だ。相当響いただろう。恐らくだが、その時、亮の壁は崩れてしまったんじゃないか？　……恵梨花、何か兆候とかなかったか？」

「どういうこと？」

「弁当を出した時、もしくは食べた時、亮に何か変化は起こらなかったか？　変にテンション高かったり、おかしな言動をしたりとか」

瞬が具体例を挙げると、恵梨花の目が盛大に泳ぎ始めた。

「えーと、あーと……そのー……」

どうやら心当たりがあるらしい。

梓は弁当を一緒に食べたことは聞いていたが、そこで何かがあったとは聞いていない。

「オーケー、わかった。何かあった訳だな」

それは恵梨花の反応から明らかで、梓は後で聞こうと心に決めた。

「じゃあ、間違いないな。亮が作っていた壁はそこで崩れたんだろう。次の日から恵梨花を避け始めたことも含めると、確定と考えていい」

亮自身が言っていたことと瞬が言っていることに違いはあるが、瞬の考えは恐らく亮の無意識下のことであるから、齟齬《そご》があるのは仕方ないだろう。

「壁が崩れた亮の前には、好みが完璧にマッチした女の子、その子に好意を向けられながら食べる手作り弁当。普通ならこれで決まるんだろう……だが、あいつは自身の壁の再構築にとりかかるために、恵梨花を避け始めた……そんな時に喧嘩が起こって、亮のアレを見た、か」

「やっぱり君も知ってるのね」

「当たり前だ……しかし、さっき聞いた時も驚いたが、そのあいつを見てビンタだけでなく、蹴りまでくらわしただあ……？」

瞬は唇を噛みしめるように俯《うつむ》いてくっくと笑い始めたかと思えば、声を立てて愉快そうに笑ったのである。

「えーっと……？」

人の口から言われたことで改めて恥ずかしくなったのだろう、恵梨花は頬を赤く染めて所在なさげに瞬を見ている。

「はっはっは！　信じられねえ！　こんな女がいるなんてな!!　まさに亮にピッタリだぜ!!」

「えーと、ありがとう……？」

「はー、ったく、面白過ぎるぜ、今日は……」

しみじみと首を横に振って瞬は続ける。

「これは間違いないな、恵梨花。お前がその時ビンタで吹き飛ばしたのは、殺気だけじゃない――壁だ。亮が再構築していた壁だ。それをもう、修復不可能なレベルで叩き潰したんだ」

「う、うん……？」

よくわかってなさそうな恵梨花の隣で、梓は当時のことを思い出して納得していた。

確かに亮はその時から、三人娘への態度をガラリと変えた。名前で呼んでくれと言って。

「本当に納得いったぜ。亮が中三の時に作って、俺達には壊せなかった壁を、最高のタイミングで、最適な方法で立て続けに壊したんだからな。おまけに胃袋まで掴まれて、そりゃあ惚れもするるか」

並べて聞くと、なるほど、納得のいく話である。

「だから、最短ルートを最速攻略？」

「ああ、それ以外にどう言える？」

「……確かに」

「そして恵梨花が壁を壊したからだろう。亮の雰囲気が変わって……いや、焦《あせ》りがなくなっていて、今日あいつを見た時は驚いた」

「そういえば、さっきもそんなこと言ってたわね。焦りって？」

亮が何かに焦っているような姿など、目立ちそうになった時ぐらいしか見ていない。

「ああ……両親が亡くなってから、な……」

一瞬の間だったが、瞬の目に寂しげな気配が浮かんだように見えた。が、すぐに表情を改めて二ヤリと笑い、言ったのである。

「あと、亮が恵梨花に惚れた要因として、ダメ押しの一つがある……俺の記憶が確かなら、だが」

「あら、何かしら？」

梓が聞くと、瞬は恵梨花に目を向けた。

「恵梨花、苗字は藤本だったな？」

「え、うん」

「恵梨花のお袋さんは、料理研究家だったりするか？　料理教室を開いたりして――いや、してたことはあるか？」

「え⁉　なんで知ってるの⁉　今もやってるけど……」

「やはりか」

そして瞬は、心底愉快そうに言ったのである。

「俺は運命なんて言葉は嫌いなんだが――今はそれを目の当《ま》たりにしてる気分だ」

「突然、何を言って――……っ！　ちょっと、嘘でしょ⁉」

梓は瞬の話の流れから浮かんだ推測に、愕然《がくぜん》とした。

「嘘じゃない、亮のお袋さんが通っていた料理教室、恐らくそこだ」

「そこって、私のお母さんの……？　亮くんのお母さんが……？　…………ええええええええ⁉」

「亮のお袋さんがよく言ってた。料理教室の先生が可愛くて面白くて美人で、とても素敵な人だ、藤本先生は――ってな」

　驚愕しきってあんぐりと口を開く恵梨花に、瞬は楽しげに尋ねた。

「恵梨花、お前は料理を自分のお袋さんから習っている、そうだな？」

「そ、そう、だけど……」

「これがどういうことかわかるか？」

「え、えーっと……」

「亮のお袋さんの料理の先生と、恵梨花の料理の先生は同じ人ってことだ。だから恵梨花の料理は、亮のお袋さんが作る料理の味付けと似ているはず――つまり、恵梨花。お前の作る料理は亮にとって、まさにお袋の味と言っても過言じゃなく、亮にとっては一番飢えていた味ってことだ」

　これにはもう驚くしかない。

「そういえば、彼よく、恵梨花の作るものは妙に口に合うって言ってたわ」

「……毎日三食食べたいって言ってた」

　梓と咲が思い出したように言うと、瞬はしたりと頷いた。

「当たり前だ、亮のお袋の味に限りなく近い料理を作ってるんだからな。つまり、これ以上ないほど亮の胃袋をガッチリ掴める、いや、一発で掴んだってことだろう……こいつは料理だけの話じゃないが、こうも亮にとって有効で、亮が欲している手を最良のやり方で出し続ける恵梨花と亮はなんというか、出会うべくして出会ったような――」

「――まさに運命の相手と言っても過言ではないわね」

梓は呆然として、瞬の話を相応《ふさわ》しい言葉で締めくくった。

「はー……なんかすごい話聞いた気分」

黙って聞いていた智子が、感嘆の吐息と共に言う。

「亮くんのお母さんと私のお母さんが知り合いだった……？」

恵梨花はまだショックから抜け切れていないようで、さっきの梓の言葉も耳に入っていなかったようだ。

その時、テーブルの上にある瞬のスマホから電子音が鳴る。瞬はスマホを手にとって目を落とすと、眉を寄せた。

「もってあと五分か、ちょっと話し過ぎたな――いや、もった方か。空腹時の亮の足止めなんて」

「そういえば、余り亮くんの中学の時の話を聞けてないわね……それ以外の話も非常に興味深かったけど」

実際、瞬から聞いた話はどれも新しい発見があり、面白かった。だが、亮の中学時代の話とは言えない。

梓が気落ちを表すように眉をひそめると、瞬が口を開いた。

「仕方ない。残り時間も少ないことだし、こうするか――俺達の間にある亮の鉄板ネタ、そこからお題を三つ挙げる。その内の一つを選択しろ。それを話すことにしようか」

そして瞬が人差し指を立て一つ目のお題を口にしようとしたところで、梓は恵梨花に呼びかけた。

「恵梨花、さっきの話で驚いてるのはわかるけど、しっかりしなさい」

「え、うん……あ、じゃあ、お願いします」

「よし、では一つ目――『亮、生徒会から災害に指定される』」

梓と恵梨花の顔が「は？」と固まるが、瞬は構わず二本目の指を立てた。

「二つ目――『亮、学校からいじめをなくす』」

今度は「ええ？」と、これでもかと眉を寄せる二人。瞬は三つ目の指を立てた。

「三つ目――あ、これは亮というより、亮の親父さんがメインになるな……まあ、いいか。三つ目『亮、父を呼ばれてえらいことに』――さあ、どれを選ぶ？」

瞬は憎たらしいほど爽《さわ》やかな笑みで、究極の選択を迫ってきた。

「どうしよう、梓！　どれも、なんかすごそうで……！」

「ええ、そしてどれも非常に気になって……聞きたくて仕方ないわね」

「時間が迫ってる。早く選択しないと、何も聞けなくなるぞ」

瞬が二人の葛藤を楽しげに眺めながら急《せ》かしてくる。

「ああ、もう……！　恵梨花、あなたが選択しなさい、あなたの彼氏のことなんだから」

「ええ!?　じゃあ、ええと、ええと………二つ目で！」

意を決したように恵梨花が叫ぶと、瞬は笑みを深くして頷いた。

「『亮、学校からいじめをなくす』だな、いい選択だ」

「そ、そうなの？」

恵梨花がホッと安堵の息を吐く。

「ああ。聞こえはいいが、中身が非常に残念で亮らしいところが最高にな」

「……」

もしかしたら選択を間違えたかもしれない。そんな声が聞こえてきそうな表情で、恵梨花は冷や汗を流す。しかし、どれを選んでも結局は同じようなことにもなりそうで、間違った選択とは決して言えないと思えてしまうのがまた辛いところである。

「これもざっくばらんに話すか——俺達が中学校二年の後期の頃、俺と亮と徹、都《みやこ》に環奈《かんな》の五人で学校から帰ってる時のことだ」

「あれ？　石黒《いしぐろ》くんと、茜《あかね》ちゃんって子は？　一緒じゃなかったの？」

思い出したように恵梨花が聞くと、瞬は面白がるように目を瞠った。

「よく知ってるな、その二人は確か、生徒会の用事でまだ学校に残ってたはずだ」

「ああ、そういえば生徒会長だったって……」

「そうだ——で、その日、俺達はたまたま人通りの少ない道を歩いて帰っていてな。俺と都で亮を挟んで三人で雑談してて、後ろじゃ徹がアホな話を環奈に聞かせて、二人で馬鹿みたいにケラケラ笑ってたっけな。そうしていたところで、ある物陰から喧嘩してるような音が聞こえてきた。俺達が目を向けると、そこでは同級生のしょうもない連中が、複数で一人を囲んで殴る蹴るの——まあ、単純ないじめをしていた訳だ。俺は速攻で興味を失くし、都と環奈は嫌なものを目撃したような顔をして、徹はつまらないものを見たように白《しら》けていたりと、まあ、ありきたりな反応をしてた。で、亮は——

「た、助けに行った……んだよね？」

恵梨花が僅かばかりの期待を込めつつ自信なさげに聞くと、瞬はバッサリ切り捨てた。

「そんな訳ないだろ。いじめをしていたのも、されていたのも男だ。あいつは男は助けない」

「そ、そっかー……」

恵梨花がやっぱり、と肩を落とした。

「でも、お題は『亮、学校からいじめをなくす』なのよね？」

梓が改めて言うと、恵梨花は勢いよく顔を上げる。

「そうだよ！　さっきは驚きが強くてボケッと聞いちゃってたけど、お題聞くとすごいことじゃない！」

恵梨花が鼻息荒く言うが、瞬は憐《あわ》れむような目をして首を横に振った。

「それは結果的な話であって……まあ、続きを聞けばわかる。その時の亮は、不思議なものを見るように首を傾げてな、それから少し不愉快そうに眉を寄せていたっけ。それがなんだか気になった俺は、どうしたのか亮に聞いてみたが、『いや、別に……腹減ったし行こうぜ』と返ってきただけで、俺達はいじめを見過ごしてその場を後にした」

「亮くんらしいけど、亮くんらしいけど……」

恵梨花が複雑そうに頭を抱えて唸《うな》っている。構わずに、瞬は口を動かす。

「そういえばあの時、いじめっ子どもが俺と亮に気づいてビビってたが、俺達が何も言わずに立ち去ろうとしたら、すさまじくホッとしてたな。いじめられっ子は、もしかしてと希望に染めた顔を絶望に歪《ゆが》めていたがな」

それはそうだろう。

「……本当にそのまま帰っちゃったの？」

恵梨花がなんとも言えないように聞くと、瞬は肩を竦《すく》めた。

「ああ。暇潰しにいじめっ子どもを蹴散らしてもよかったんだが、あいつらと喧嘩しても面白くなさそうだったしな」

亮はお腹が空いたから、瞬はつまらないからその場を後にした。二人がそのいじめに対し、何も思っていないことがよくわかる。

「それから数日ほど経った頃か、その日は達也《たつや》と茜も加えて俺達は七人で帰ってたんだが、また同じ現場に出くわした。やってるやつとやられてるやつも同じ面子のな」

「前とまったく同じいじめをしているのを見たのね？」

「そうだ。でもその日は生徒会長をしている達也がいたからな。立場的に見過ごせないからと、あいつは仕方なさそうに、連中に声をかけようとした――ところで、亮が待ったをかけた」

「さ、流石に二回目だから、助けに行こうとしたんだよね⁉」

恵梨花の願望交じりの問いを、瞬はまたも切り捨てた。

「それももちろん違う。あいつはまた、不可解で不愉快そうな顔をしていじめの現場を見ててな。達也が自分を止めた亮に、訝《いぶか》しげにどうしたのかと聞いた。すると亮は達也にこう聞き返した。『なあ――あれって、楽しいのか？』とな。達也が、何言ってんだこいつはって顔をしながらも律儀に答えてやる。『そんなもの俺が知るか。けど、やられてる方はともかく、やってる方は楽しいんじゃないか？　そもそも低能の考えてることなど俺にわかるか。気になるなら自分であの社会のゴミ候補共に聞いてこい』、達也がいつもの調子でそう言うと、亮は少し悩むようにアゴに手を当ててから『それもそうだな』と頷いて、俺達に先に帰っていいぞと手を振って、連中のとこへ向かった」

「そ、そう言って亮くん、助けに行ったんだね⁉」

希望を捨てきれない恵梨花が縋るように聞くも、瞬はゆっくりと首を横に振り、恵梨花の最後の希望を投げ捨てた。

「もちろん、違う。そしてここからが肝心でな――亮が何をするつもりなのかと、気になった俺達はその場に残った。徹が楽しそうに『あいつまたなんかやる気やで、おもろなってきたー』なんて言う横で、茜は亮が何をやらかす気なのかと心配そうに達也へ『止めた方がいいんじゃ……？』と反対のことを言ったが、俺達は亮を止める気などなく、野次馬を決め込んだ……茜も結局はそうしてたな」

関西弁を真似することなく、台詞だけを言った感のある瞬の話だが、状況はよく見えてきて、梓はなんとなく七人の立ち位置的なものを感じとれてきた。亮は恐らく、七人の中でも中心的立場なのだろう。

「そして、亮が近づいてくるのに気づいてビビるいじめっ子どもと、助けてくれるのかと希望に顔を輝かせるいじめられっ子。なんの用だと虚勢を張るいじめっ子どもに、亮はこう言った。『それ、俺も交ぜてくれ』とな」

訳がわからず、これでもかと眉を寄せる三人娘と智子に、瞬は思い出し笑いを浮かべながら続ける。

「そこにいた全員が、何を言ってるのかわからなかった。状況的に見れば、亮がいじめに参加させろと言ってるようなんだが、意図がまったく見えなくてな。亮が弱いものいじめなど好んでしないやつだと、俺達はよく知ってるから余計にだ。ただ、まあ、亮はやっぱり何かやらかすだろうと、俺達は期待に胸を膨らませて黙って見ていた。いじめっ子どもも亮の意図がわからず警戒していたが、亮が『いや、だから、そのいじめを体験させてくれ』と連中に話すと、あいつらは亮が本気でそう言ってきてるのだとわかって、ホッとしたような笑顔で了承した。いじめられっ子は、亮がいじめっ子側に入ると察すると、死神を見たような顔になった」

「――あ！　わかった、亮くんそう言っておいて、いじめられてる方に回って助けてあげたんじゃ⁉」

長く暗い道で光を見つけたように恵梨花が身を乗り出したが、それはやはりダメなフラグだった。

「いいや違う――いじめっ子達から快く了承《こころよ》を得ると、亮はいじめられっ子を見下ろし、やにわに蹴りを一発叩き込んだ。数メートルは吹っ飛んだな……そして完全に力尽きて気を失ういじめられっ子に、亮の蹴りの容赦なさにドン引きするいじめっ子ども。『あいつ、とどめ刺しおったで……』と呆然とする徹、同様の俺達」

「……」

恵梨花の頬が完全に引き攣って、何も言えなくなっている。

「静まり返るその場で、亮が首を傾げてボソッと言った。『やっぱり面白くねえな……』と。そしてドン引きしているいじめっ子を振り返ると『じゃあ、次はお前らな』と、連中を順番に蹴飛ばした。いじめっ子達が、泣き叫びながらいきなり何するんだ！　と亮を問い詰める。亮は再び首を傾げて『いや、だからさっき言ったろ、いじめを体験させてくれって』と返した。確かに亮はそう言っていた。ただし、誰をいじめるかは明言していない。だから亮は、いじめられっ子の次にいじめっ子達をいじめ始めた。亮の言っていることがようやくわかったいじめっ子連中は、全員顔面蒼白になって、やめてくれ、助けてくれ、勘弁《かんべん》してくれと泣き叫んだ。だが、亮は『お前ら、演技上手いな』と、笑いながら蹴り続けた。いじめっ子達が気をきかせて、いじめられっ子の真似をしているのだと勘違いしたようだ。んなアホなと思うところだが、まったく同じように、いじめられっ子がいじめっ子に懇願《こんがん》していたのをついさっき聞いていたからな。無理もない、と言っておこう」

「なんて恐ろしい……」

智子が背筋を震わせてボソッと呟いた。恵梨花はどこを見てるのか、遠い目をしている。

「そして、死屍累々《ししるいるい》たるいじめっ子達に『じゃあ、交代するか』と、亮はいじめられっ子に回ることを提案した。なるほど、いじめを体験するのなら、する方とされる方と両方の体験が必要だろう。公平な提案だったが、地に伏せながらいじめっ子達は、必死で首を横に振った。まあ、当たり前だな、亮が密かに災害に指定されたのは記憶に新しい。誰が好き好んで、そんなやつをいじめるか」

「さ、災害に指定って……」

恐らく一つ目の題目のことだろう。時系列的にこの話の前のことらしい。恵梨花が引き攣った顔で呟いた。

「『本当にやらないのか？　殴っていいんだぞ？』と何度も確認しては、いじめっ子達に丁重に断られた亮は、一仕事終えた後のようにスッキリした顔で、いじめっ子をいじめ始めたあたりから爆笑していた俺達の元へ帰ってきた。そこで、都が一番に声をかけた、何故あんな真似をしたのかと。どうやら亮はいじめをしているのを見ると、どうにも不愉快で、目にするのも鬱陶《うっとう》しかったらしくてな。だから、やめろと言おうか考えたらしい。だが、もしかしたら連中にとってはすごく楽しいことなのかもしれない。だとしたら居丈高にやめろと言うのもどうなのかと、亮はちょっと悩んだらしい。誰だってその人にとっては楽しいことを、中身も知らずにやめろと言われたら我慢ならないからな、と。ならば体験してから言えばいいかと、あいつは決断した」

「……だから、いじめを体験させせろ、と？」

　もうどこから何を突っ込めばいいのかと呆れる梓の問いに、瞬は笑いを噛み殺しながら頷いた。

「その通り。そして達也がふと、亮にいじめの体験の感想を聞いてみた。そしたら亮は『いじめられっ子をいじめてもまったく面白くないな、けど――いじめっ子をいじめるのはけっこう楽しいかもしれん』と答えた。また爆笑する俺達の中で、達也だけはその亮の感想に眼鏡を光らせた。後日、達也は亮のその感想の後ろ半分におまけをつけて、学校中に流した。『亮はいじめっ子をいじめるのがマイブーム』とな。効果は絶大だった。覚えのあるやつは顔面蒼白、いじめの末に登校拒否者を出したやつは、いじめたやつの家まで行って、土下座して許しを請い、学校に来るよう懇願した、もういじめないからと。その日を境にいじめっ子といじめられっ子の立場が逆転した訳だ。そうして少なくとも、表面上いじめはなくなり、生徒会長の達也の功績が一つ増えることとなった。達也は教師達から深く感謝され、貸しを一つ増やした」

「え、石黒くんの功績なの？」

　恵梨花が正気に戻って思わず聞くと、瞬は微妙に納得いかないような顔で頷いた。

「ああ、まあ、そうなるのも無理のないところもあってな。達也は亮の幼馴染だけあって、亮を唯一コントロールできるやつだと教師達から信頼されてたし、亮の尻拭《しりぬぐ》いもよくやっていたからな。それに亮の感想を学校中に流して、いじめ根絶を狙ったのは実際にあいつだからな」

「へーえ……？」

納得いったようで、首を傾げているのは、達也へのことではないだろう。

「なんか、聞けば聞くほど、亮くんが一番問題を起こしてるような気がするわね」

梓がそのことを口にすると、瞬が食いついた。

「どういうことだい、そりゃ？」

「彼は中学校の時の友達が騒がしくて、それが嫌だから高校は別にしてるって言ってたのよね」

「ほう、なるほど……」

瞬はくっくと低く笑った。

「確かに俺達は、亮の周りで騒いで問題を起こしてただろう。だが、数こそ俺達より少ないが、起こした問題の大きさで言えばぶっちぎりであいつが一番だ」

「……なるほど」

得心《とくしん》して梓は頷いた。周りが騒がしくとも、いざ大きな問題が起こった時の発生源は亮。非常に納得できてしまった。

「大体、こんなところだ。これが『亮、学校からいじめをなくす』だな」

「なくしたのは石黒くんな気がするけど、でもこの話の主役は確かに彼だわ……言っていた通り、聞こえはいいけど、中身は非常に残念なものだったわ」

梓が感想を述べると、恵梨花が複雑そうにため息を吐《つ》いた。

「亮くんのお話聞けたのは嬉しいんだけど……」

「もっと格好いい話を聞きたかったか？」

「う……」

面白がるような瞬に、恵梨花が図星をつかれて変な声を出す。

からからと笑った瞬は、ふとスマホに目を落として、意外そうに片眉を上げる。

「けっこう経ってるな……話の途中で帰ってくるかと思ったが」

「そういえば、亮くん遅いね」

「うちのガールズが頑張ってるんだろう。空腹時の亮は『触るな、危険』だから、もう男は退避してるはずだ」

「完全に危険物の扱いじゃない、それ……」

「違うと思ってたのか？」

瞬からニヤリと返され、梓は二の句が継げなかった。

「そうだな……あいつが戻ってくるまでもう少しだろう。ならそれまでの間、恵梨花が気になるだろうことを話すか」

「え!?」

「亮が中学校の時に女子からどう思われてたか、なんてどうだ」

「詳しくお願い」

恵梨花の顔が一気に引き締まった。瞬がふっと笑みを零して話し出す。

「結論から言うと、亮はモテてたな」

「……やっぱり……」

恵梨花が気難しげに唸る。

「知ってると思うが、あいつは女子には甘く、優しいところがあるからな。時にぶっ飛んだ行動をとったり、変なところを見せて引かれたりしたこともあるが、なんだかんだ強いことと、優しいことで、女子達の間で守ってくれそうな人ランキングのナンバーワンから落ちたことはない。それに顔は普通に良いしな」

「すごーくよくわかる……けど！」

恵梨花が葛藤を表すように頭を抱える。

「だがしかし、亮にその自覚はまったくない」

「……変に鈍いところはあるけど、まったくないというのはどうしてかしら？」

確かに亮はそういうところがある。最近は聞いてないが、恵梨花と自分じゃ不釣り合いだとよく口にしていた。

「都が亮にベッタリだったからな……都のことは知ってるか？」

「……知ってる、読モの都ちゃんだよね」

ここで事前情報のない智子だけが目を丸くしたが、話の腰を折らないためか口を噤《つぐ》んだ。

「ああ、その都が常時と言っていいほど亮の横にいてな……読者モデルまでやってる、学校一の美少女と言っていい都がだ。そのせいで、亮に好意を持った女子はすっかり萎縮して、告白することすら諦める。だから亮は中学の時に誰からも告白されたことがない。そしてこう言うのもなんだが、亮とよく一緒にいた俺や達也がよく告白されてるのを見てた亮は、それがまったくない自分はモテないのだと結論付けた」

なるほど、納得のいく話であるが、問題は亮の勘違いではない。

「……ええと……あの、都ちゃんはやっぱり……？」

恵梨花が曖昧《あいまい》に聞くと、瞬は肩を竦めた。

「まあ、それは言わずもがなってな？　それでも何故二人が付き合っていなかったのかと言うと……亮が馬鹿なのと、都のタイミングの悪さってところか？」

「それって、どういう――」

恵梨花が詳細を聞こうとしたところで、亮が帰ってきたため、瞬は口を閉じた。

◇◆◇◆◇◆◇

亮がいなかった間のことを思い出した梓は、恵梨花と一緒に昂揚《こうよう》した面持ちで瞬を見た。

瞬が呈示して聞けなかった一つ目の題目を聞かせてくれるのかと。

亮が「くだらねえこと話すんじゃねえ」と目で訴え続ける中で、瞬は記憶を呼び起こすように目を宙へやってから話し始めた。

「そうだな――今の亮はふてぶてしく飄々としているが、それは中学に入学した時もそう変わりなかった。大体想像はつくな？」

梓達は頷いた。

「さて、そんな中学に入学したばかりの亮だが、その、誰に対しても遜《へりくだ》ったり畏《かしこ》まったりせず、幅をきかせて校内を歩く不良の先輩にもまったく恐れを見せない態度は、当然のように喧嘩自慢の先輩達や、不良デビューを志していた同級生にも目をつけられた」

それを聞いてなんのことかと首を傾げる亮に対し、梓達は苦笑気味に同意しながら相槌を打った。

「そして、まあわかると思うが、最近までランドセルを背負っていたとは言え、道場のある家に生まれて育った生粋のサラブレッドである亮は、絡んできた連中を一人残らず返り討ちにし続けた」

今日何十人ものギャング達を簡単に撃退していた亮の姿を見ていた三人娘からしたら、それは簡単に想像がつくことで、再び相槌を打って、瞬の言葉の続きを待った。

「そんな亮の噂が知れ渡ってくると、こいつを物理的に痛めつけるのはどうやら無理そうだと悟った恨みのある連中は、亮の悪口をあることないこと言ったりしたが……まあ、こんな亮だ。そんなもの、まるで気にしなかった」

割と最近に学校であったことを思い出しながら、梓達は納得して首を縦に振り続ける。

「それでも普段通りで応《こた》えた様子もない亮に連中がいらついていたある日。亮が体育で外に出ている時に、連中は亮の教室に入り込み、こいつの荷物を漁って発見したのが……弁当だ。これは後から聞いてわかったことだが、連中、ほんの悪戯な気持ち、ちょっとした意趣返しみたいな出来心で、亮の鞄から――」

三人娘はまさかという気持ちで頬を引き攣らせた。

「弁当を盗んだ。それも、早弁用も含めた二つだ。そして体育の授業が終わって昼休み、教室に戻ってきて弁当を食べようとした亮が、それがないことに気づく。当然焦って捜した。しかも、その日に限って確か、なんだ……朝飯食い損ねたんだったか？」

話を振られた亮は、口の中のものを飲み込んでから頷くと、渋々といった様子で話し始めた。

「ああ。朝稽古《あさげいこ》の時に親父が加減を間違えて、腹にいいのもらっちまってな。とてもじゃねえが胃が受け付けねえ状態で、朝飯食えなかった。だから早弁用は量を多くしてくれてたんだが、それも昼休みまで、なんか色々タイミング悪くて食えねえでな……もう飢え死にしそうな気分だったことだけは覚えてる」

だけという部分に引っかかりながら、梓は続きを話そうとする瞬に耳を傾けた。

「そんな飢え切っている亮が、弁当を盗まれたんじゃとクラスメイトに指摘された時の、教室内の空気はそれはとんでもなかったと俺は聞いている。何せ、普段は亮のストッパー役であるあの達也が、状況を察して真っ先に教室から逃げ出したぐらいだからな。哀れ、弁当を盗まれたのではと指摘したクラスメイトは腰を抜かしながら、『誰が？』と聞く亮になんとかこう答えた。『亮に喧嘩を売ったやつじゃないか』となｓ。それを聞いた亮は、まず自分に喧嘩を売ったことのあるクラスメイトに、幽鬼《ゆうき》の如くゆらりと目を向けた。するとそいつらも腰を抜かして、すぐさま首を横に振った。そもそも一緒に体育の授業で外に出ていたのだから不可能だと、手振りも交えてそれはもうかなりの熱弁を振るっていたそうだ。それに納得した亮は、空腹のせいで覚束《おぼつか》ない足取りで教室の出口に向かい『誰がやりやがった――!?』と叫びながら、空腹を感じさせない勢いで廊下を走り出した」

うわあ、と口を引き攣らせた三人娘と智子。

「そ、それでどうなったの……？」

一人食事を続けている亮を横目に恵梨花が問うと、瞬はおもむろに頷いた。

「ああ、なんとなく察してると思うが……この事件にはかなりの数の被害者が出た」

「でしょうね……」

梓が相槌を打つと、瞬は小さく息を吐いた。

「そしてこの事件での一番最初の被害者が、何を隠そうこの俺だ」

目を丸くする三人娘プラス智子に、瞬は苦い顔で続ける。

「当時、俺と亮は何度かやり合っててな――と言っても、俺が喧嘩仕掛けて一方的にやられるのが常だったが……問題は俺が一番亮とやり合ったということで、こいつ、真っ先に俺のとこに向かってきやがった。昼休みになって、飯食ってた俺の目の前に来たと思ったら『お前か!?』って、いきなり掴みかかってきて。訳もわからず俺がボケッとしてたら、気づいたら蹴られて吹っ飛んでた」

そう言って目を向けられた亮は、視線を逸らしている。

「お前はその日のことよく覚えてねえみたいだけどな!!　大体、当時そこまで仲良くなかったとはいえ、少し考えたら俺がそんなくだらねえことしないことぐらいわかるだろ!?」

過去に何度か同じように責められたことがあるのだろう、亮は慣れたように素っ気なく答えた。

「当方、記憶にございません」

「つざけんじゃねえよ、てめえ、おら、亮!?」

胸ぐらを掴んで亮に迫る瞬のその姿からは、今日ずっと見せられていたカリスマ性が薄れていて、年相応な少年に見えた。

「……そもそもの話、お前がしつこく俺に喧嘩仕掛けてきたから、俺がお前のとこ行ったってことじゃねえか」

「だからこそ、俺が弁当隠すなんて真似しねえことぐらいわかるだろ!?　お前に文句があれば、俺なら正面から堂々と仕掛けることぐらいよ!?」

そのもっともな言い分には、亮も反論の余地が見つからなかったのか、再び目を逸らした。

「……腹減ってたんだから仕方ねえだろ。緊急事態だった」

「お前、それ言ったら許されると思ってねえか――!?」

本気の殴り合いにまでは発展しないとは思われるが、如何《いかん》せんこの二人は、片やこの泉座でトップに立つ男で、もう片方は数十人のギャングをも軽くあしらう非常識の塊《かたまり》だ。

ちょっとした言い合いでも、虎と獅子の争いを思わせて迫力は満点だった。

特に瞬に慣れていない三人娘にはかなり刺激が強く、どうしたものかとヒヤヒヤしながら見ていると、三人娘の先輩たる智子が割って入った。

「はいはい、ストップストップ。瞬くんや、ここにはお二人さんのいつもの言い合いに慣れてない、とても麗しい女の子達がいることを忘れないよう」

手慣れたように仲裁に入るその様からは、何度も経験してきたことが伝わってきて、三人の付き合いの長さを思わせた。

そうして智子に肩に手を置かれた瞬は、三人娘に目をやった後にハッとすると、ため息を吐きながら亮から手を放した。

「――こいつは失礼」

そして何事もなかったように座り直すと、三人娘と向き合った。亮まで何事もなかったように食事を再開している。

そんな二人の様子から、本当にいつものことなのだと思わされて、三人娘は顔を見合わせてから苦笑を零した。

「瞬くん、それで続きは？」

智子に促されて瞬は咳払《せきばら》いすると、話を再開した。

「それで――ああ、俺がいの一番に蹴り飛ばされた後だな。ダメージが抜けて立ち上がれるようになった俺は、一体なんの真似かと問い詰めるために亮を捜し始めたんだが、幸いにもどこにいるかはすぐわかった。何故なら、亮に蹴り飛ばされたと思われる男子生徒があちこちで伸びていたからな」

恐らくは瞬と同じように、いきなり問い詰められた末に亮に蹴られたのだろう。

恵梨花が引き攣りそうになる頬をなんとか抑えようとしているのか、プルプルと震えながら微笑みを浮かべて亮に目を向ける。

亮は気まずそうに目を逸らし、皿の上の料理に手を伸ばした。

「昼休み、亮が走り回っては喧嘩を売ってきたことのあるやつを片っ端から襲い始めてな――ひどい騒ぎだった。結局、亮が犯人を見つけるまでに、とばっちりを食らった男子生徒の数はざっと五十人を超えた」

「ご、五十って――」

梓は恵梨花と智子と一緒に絶句した。

「それも学年なんか関係なしだ。当時一年だった亮はまず同級生の不良達を一人残らず蹴り飛ばした後に、二年の教室に上がり、それも済ませると三年の教室だ。この事件の何が不幸って、三年生が犯人だったせいで、一年と二年は完全なるとばっちりを食らったたってことだ」

「それは……不幸としか言いようがないわね……」

梓が重々しく相槌を打つと、瞬も同じように頷いて返した。

「……でも、なんで亮くんは、その、いちいち全員を蹴り倒しちゃったの？　犯人ではないって判断した後に蹴ってるように聞こえるけど……」

恵梨花のその疑問は、梓も気になっていた。

すると瞬が、いいところに気づいたとばかりに身を乗り出す。

「だろ？　そう思うよな？　俺も後で当然亮を問い詰めた。そしたらこいつ、なんて答えたと思う？」

そう問われた恵梨花は目をパチクリさせてから、悩ましげに眉をひそめて答えた。

「もしかして――なんとなく、とか？」

どうしてそんな答えが出たのかと梓が呆れの表情を浮かべようとすると、瞬が面食らったように目を瞬《またた》かせた。

「すごいな――まさか、当たるとは……流石に亮を射止めただけあるってことか……」

まさかまさかの正解に、答えた恵梨花自身も含めて女性陣が驚きの声を上げた。

「えええええ――!?」

「――ちょ、ちょょっと亮くん、本当になんとなくでそれだけの人数を蹴っちゃったの!?」

恵梨花にそう問われた亮は、食事の手を止めて頭をガシガシと掻いた。

「そう言われてもな……腹減り過ぎてたせいか、その日のことは俺もよく覚えてなくてな……」

どうやら本気で言ってるらしい亮のその言葉に、再度絶句する四人。

「本当ふざけたやつだろ？　だが、亮のその言い分に、達也のやつが推測を交えて、こう答えを出した。『恐らく蹴り倒しておけば、そいつにはもう確認したとわかるから、一周する頃にもう一度問い詰めるような二度手間をしなくて済むと本能的に考えたんだろう』となーーすさまじく腹立つことに、飢えて理性を半分失くしていた亮の様子を思い出せば、その推測が正解っぽいことを認めざるを得なかった」

四人の麗しい女の子達があんぐりと口を開けて亮に目を向けるも、亮は絶対にそちらを見ないようにしながら食事に専念していた。

「——とにかくだ。弁当盗難の犯人が三年生だったために、悪戯に被害が広がる結果になったということだ。その犯人は三人組でな、死ぬほどビビりながら亮に弁当を返したんだが、幸か不幸か蹴り飛ばされることはなかった」

「——え、なんで蹴られなかったの？　犯人だったんでしょ？」

そう問うたのは智子である。

「弁当を取り返した亮がすぐさまその場で——三年の教室のど真ん中で弁当を食べ始めたからだ」

「い、一年生が三年生の教室のど真ん中でお弁当を食べ始めるなんて……」

自分には到底真似できないと言わんばかりに頬を引き攣らせる智子。

「——幸か不幸かというのはどういうこと？　蹴られなかったのなら、幸いなことじゃないの？」

梓が聞くと瞬はニヤリと笑った。

「流石にこれは、現場を見てなかったらわからないか？　さっきも言ったが、亮が犯人を見つけるまでに五十人以上がとばっちりを受けたんだぞ？」

「それは——ああ、そういうこと」

察した梓は、犯人の三人組に同情した。

「え、どういうこと？」

察せなかった恵梨花に、瞬が説明する。

「つまりだな、訳もわからず亮に蹴り飛ばされたやつが、俺も含めて亮を追ったということだ。動けるようになったやつから順次な。そして辿《たど》り着いて目撃したのが、三年の教室のど真ん中で弁当を食べてる亮。そしてそんな亮にペコペコ謝罪しながら、亮の肩を揉んだり、お茶を汲《く》んだり、甲斐甲斐しく世話をしている犯人連中……察しの良いやつらは気づく。あの三人のせいで自分達は蹴られたのだと——当然、亮を追いかけた連中の怒りは犯人達に向いた。何故なら亮に怒りを抱いても、何も出来ないからだ。犯人が亮に蹴られなかったのは幸いだったかもしれないが、蹴られて伸びていれば、連中の怒りが向かなかったかもしれない。これが不幸な点だ」

「は、はは……」

智子と恵梨花が引き攣ったような笑みを零した。

「それだけの騒ぎを起こしたのだから、教師連中も当然気づく。教師が『なんの騒ぎだこれは!?』と怒鳴り込んできたが、その時の亮はと言えば、やっとのことで食事にありつけた、飢え切っている猛獣そのもの。そんな猛獣の食事の邪魔をしたら——わかるよな？　教師が事情説明を求めるために亮の肩を乱暴に叩いた瞬間、教室の入り口で見ていた俺ですら『あ、殺される』と思うような殺気が飛び出た。対応してたのが体力自慢の体育教師でなかったら、恐らくひっくり返って失神していたことだろう——俺はその時初めて、教師という人間を心から尊敬した。その教師は傍《はた》から見てわかるほどに震えていたが、果敢に声を絞り出して亮に聞いた。『な、何が起きて、い、一年の桜木《さくらぎ》くんは、こ、ここで弁当を食べてるの、かなー？』とな。先ほどまでの怒鳴り声とは正反対に媚《こ》びた声だったが、その場にいた全員が、その教師に尊敬の目を向けた。そして亮は、教師を睨《にら》みながら犯人連中を指差して、『全部何もかも全てこいつらが悪い。文句があるなら全部こいつらに言え。俺は何も悪くない』、それだけ言って食事を再開した。その背中から、邪魔するやつは殺すと言わんばかりのオーラを感じ取れなかったやつは、賭けてもいい——一人もいなかったはずだ」

瞬が最後にそう断言すると、四人の喉《のど》がゴクリと鳴った。

そして、四対の目が揃って亮へ向くと、食事を終えたらしい亮は素知らぬ顔でピーピーと下手くそな口笛を吹いていていた。

「——亮の言い分は滅茶苦茶だが、俺は少しは認めてやらんでもない。実際、あの馬鹿三人が亮の弁当を盗んでいなければ、あんな悲劇は起こらなかったんだからな。加えてとばっちりを食らったのが、亮に一方的に喧嘩を売った人間だけってのが、自業自得とも言えるし」

「ああ、まさにその通り。あの馬鹿共が全て悪い」

ここぞとばかりにうんうんと頷いていている亮に、四人の麗しい女の子達は揃って白けた目を向けた。

「――まあ、あとは予想がつくか？　事情説明を求められた犯人達は、黙々と弁当を食っている亮の横で洗いざらい白状し、とばっちりを食らった連中と、教師の両方から怒りを向けられた。更に言うなら、被害を受けたやつが全員犯人に対してだけ怒りを向けたから、そして亮からこれ以上怒りをぶつけられたくなかった犯人も全て自分が悪いと認めたから、亮はなんとお咎《とが》めなしになった」

「そ、そんな馬鹿な……」

　智子が皆の心の声を代弁すると、瞬は大仰《おおぎょう》に肩を竦めた。

「確かにそう思うだろうが、犯人達が泣きながら教師に言ったからな。『自分達が全て悪いから、どうか桜木を処分するなんて考えはやめてください』って。実際、連中からしたら生きた心地がしなかっただろう。亮に睨まれ、とばっちりを受けた同級生や後輩の恨みを買い、そしてそのせいで亮に何かしら処分の話が出てしまったら、更に亮の怒りを買ってしまうかもってな。なんとしても亮に処分が下されないよう、もう命がけで土下座して教師達に嘆願してたな。教師達もその時の亮の怒りっぷりを知ってたからだろう、渡りに船とばかりに連中の言い分を、渋々といった体で受け入れてたぜ」

　からからと笑う瞬に、女の子達は笑みを浮かべるしか出来なかった。

「そして、この件のせいで、亮は災害の一つとして見られるようになった。暴れ出したら誰にも止められないことが明白になってしまったからな。その被害の規模も馬鹿にならんということで、生徒会が正式に亮を災害指定するまでにそう時間はかからなかった」

「……なんだ、その話？」

亮が怪訝《けげん》に眉を寄せている。

「――と、知らぬは本人ばかりってな」

亮を指差して呆れたように笑う瞬。

「そしてうちの学校じゃ、地震、雷、火事、亮、親父、なんて言葉が出来た。それからは本当に亮は火事の下なのか、いや、上じゃないのかって議論が尽きなかったらしい」

「おい、聞いてねえぞ、そんな話」

「そりゃ、お前に聞かれないよう話してたんだしな」

「はあ……？　お前らまで俺に隠してたってことかよ」

「俺達はただ単に、お前の前でその話をしなかったってだけだ」

「……それ隠してるのと一緒じゃねえか」

「別にいいじゃねえか。実際、そう間違った話じゃないんだしよ」

「んだと……？」

「俺に怒るんじゃねえよ。学校全体の意見なんだし」

「だからってな――」

また言い合いを始める男二人を横目に、梓は呆れからなのかよくわからないため息を吐いた。見れば、恵梨花も咲も智子も同じようにしていた。

「……さっき聞いたの以上にひどい話だったわね……」

梓が呟くと、力なくコクリと頷く恵梨花達。

いじめの話はまだ救いがあった。亮のしたことで、学校からいじめがなくなるという、褒める点があった。

だが、今回の話には褒めるべき点が見当たらない。ひどい話である。切っ掛けは亮でないにしてもだ。災害指定を受けるのも致し方なしだろう。

夕方の亮のギャングへの暴れっぷりに鑑みても、そう思うのは仕方ない。

向かいに座る恵梨花が、大きくため息を吐くと、亮をキッと見つめた。

「亮くん！」

「――へ、なんだ……？」

瞬と言い合っていた亮がきょとんとする。

「もう、さっきの話みたいに学校で暴れたりしたらダメだよ⁉」

「いや……それは、俺にくだらねえことしそうなやつに言ってくれ。てか、そういうことをされないために、俺は目立たず大人しく高校生活を送っていたんだが……」

「うっ……」

これに関しては少し藪蛇《やぶへび》だった。

確かに亮が目立たず大人しくしていれば、そういうことは起きなかっただろう。亮を目立たせた恵梨花が言うべきことではないかもしれない。

「そ、そうかもしれないけど！　流石に高校でそれやったら退学になるかもだし、絶対に気をつけてね！」

「うーむ……だがなあ……同じことが起こった場合、それって恵梨花の作った弁当が盗まれるってことだよな？」

「あー……うん、そうなるね」

「……それはちょっと我慢出来そうにねえな……」

不穏な気配を醸《かも》し出しながら亮が呟くと、然《さ》もありなんと亮と恵梨花以外が相槌を打った。

梓もこればっかりは亮の言い分を認めざるを得なかった。

恵梨花にベタ惚れの亮が彼女の手作り弁当を盗まれて、それも空腹時に発覚したら、正気を保てるとは思えない。

「――そ、それでも我慢するの！　退学になっちゃったら寂しいでしょ!?」

必死の剣幕で言われた亮は困ったように眉間に皺《しわ》を刻んだ後に、小さく息を吐いた。

「……鋭意努力する」

「が……頑張って!!」

両拳を握って応援する恵梨花に、亮は困ったように苦笑を浮かべて頷いた。

「それにしてもひどい話ねー」

梓が言うと、亮はムスッとした顔になった。

「そう言うが、飢え死にしそうな状態の時に、あるはずの弁当が見つからなかった俺の気持ちも考えろよ。俺は悪くない、全部あいつらが悪い」

「気持ちはわかるけどね、でも被害が広がり過ぎじゃない？」

「……それも、俺に無駄に喧嘩を売ってきたあいつらの自業自得じゃねえか。手がかりはそれしかねえし、それに俺に喧嘩を売ったことのないやつには一切手――足は出してねえし」

そう言われると確かにその通りだと思えるから不思議だ。

「――にしても、五十人はやり過ぎよ」

梓が言うと、亮以外が重々しく頷いた。

これに関しては反論する余地がないようで、亮はサッと目を逸らした。

そうして皆が苦笑する中、梓はふと気になったことを口にした。

「それにしても、空腹時で怒ってて理性を半分失くしても、出るのは足なのね」

話の中では、亮はとにかく蹴っていたのである。

そのことを指摘すると、亮は一瞬なんのことかと首を傾げたが、すぐに思い至ったようで、「ああ」と頷いた。

「まあ……素人相手に手を出さないよう、親父と母さんに散々仕込まれたからな」

「ふうん？　君が拳《こぶし》を使うのは、素人相手だとまんま凶器になるからって意味で？」

「そうだな」

それを大げさなと笑う者はこの場にいなかった。もちろん、梓もだ。

「ねえ、もしかして、それって自分に暗示をかけて封じてない……？」

梓のその言葉を受け、グラスを手に取って口に運ぼうとした亮が、ピタッと止まって驚きの目を向けた。隣にいる瞬も目を丸くした。

「やっぱり……その暗示の解除って、もしかしてこれ――じゃない？」

梓は言いながら右拳を自分の左の掌にパチンと打ち付けた。

すると亮の頬がヒクッと動いた。

「――じゃあ、その解除をやめるのって、こう――？」

そう言いながら、今度は左拳を右の掌にパチンと打ち付けてみせると、亮の頬がハッキリと引き攣った。

「あ、相変わらず、察しがよすぎるな、あんた……」

「はー……こいつは驚いたな。察するに、亮が今日ここに来る前の一戦だけで、それに気づいたのか、梓は？」

感心し切ったように頭を振る瞬に、梓は頷いた。

「ええ。どうにも印象に残っていてね」

「……え、何、どういうこと？」

恵梨花が同じように不思議がっている智子と咲を代表するように聞くと、梓は苦笑しながら説明する。

「つまり、この男は迂闊《うかつ》に拳を出さないために、暗示をかけてるのよ。亮くんが手を使って暴れたらとんでもないことになるのは、今日見たでしょ？」

「あ、うん。ただでさえ強い亮くんが、なんか変身したみたいに強くなったよね？」

ぶはっと瞬と智子が同時に噴き出した。

「へ、変身って——⁉　ぶわっはははは‼　そうだな、確かに亮が手を使ったらそんな感じだ‼」

「りょ、亮が変身したら確かにヤバいわ！　あははははは‼」

対して笑われている亮は、瞬と智子を睨んだ後がっくりと項垂《うなだ》れていた。

「恵梨花……もうちょっと言葉を選んでくれ……」

「ご、ごめんなさい、亮くん——‼」

慌てて謝る恵梨花の傍《そば》で、梓と咲も静かに肩を震わせていた。

「ちょ、ちょっと——⁉　梓も咲も‼」

「だ、だって……言い得て妙過ぎるって言うか……ふっくくく」

「も、もう——‼」

梓は涙目になり始めた恵梨花を見て、笑いを無理矢理引っ込めた。

「はー……ともかくね、亮くんは、手を使わないことを意識するのではなく、使う時に意識するようにした――そうよね？」

確認するように梓が問うと、亮は顔をしかめた。

「なんでそこまで察せられるかね……恵梨花、素人相手に手を使うなって言われてるのは、前に話したよな？　言われたのは中学入る前なんだが、そう言われたからといって、実践できるかっていったら難しいよな。いざ喧嘩が始まれば、つい出ちまう。そこで母さんに言われた訳だ、反対に考えて、手を使う時のみ意識を切り替えるようにしろってな」

「……なるほど」

恵梨花が、笑いやんだ智子と一緒に頷いた。

いざという時に手を使わないように注意するのではなく、普段から手を使わないことを心がけて、使う時に意識する。これは似ているようで大きく違う。

いきなり喧嘩が始まり、その時になって手を使わないよう注意しようと考えても、無意識に手が出てしまう。それならば、普段から手を使わないのを当たり前にしていれば、その失敗は減る。

「で、使う時にルーティンを取り入れたらって言われてな……気合入るような」

「ルーティンって……？」

「アスリートとかが試合を始める前にする習慣的なやつ。有名なものだと、野球選手で試合前に体操してる人いるだろ」

「ああ、ナベケン体操とか……？　亮くんの場合だと、手に拳をパチンってするやつ？」

「ああ」

恵梨花が真似してペチンと鳴らすと、亮は苦笑して頷いた。

「それをし始めてからは、まあ、上手くいくようになった……つい出ちまう時もあるが、ほとんどなくなった」

「じゃあ、手を反対にしてパチンってやっていたのは……？」

聞きながら梓は、夕方に感じた亮が放ったプレッシャーの正体がわかって、改めて呆れていた。

（つまり、あれは制限を外して、この男が本来の実力を出そうとしたから出たものってこと……本当、どれだけ強いのよ）

あの戦いでも、両手を使ったとはいえ、技らしきものは何も使っていなかった。

亮の底がまったく見えない。

「利き手じゃない方でやることで、もう終わりって切り替えるため」

「ああ、だからさっき梓がやめる時って言ったんだ。開けっ放しにしないってことだよね？」

「そういうことだな」

やっと理解した恵梨花に、亮が頷く。

「へー……なんかすごいね？　そのルーティン使うこととか、亮くんのお母さんが考えたんだよね？」

「ああ」

「そっか、じゃあやっぱり亮くんのお母さんってすごく優しい人なんだろうね」

「……なんでだ？」

「え？　だって、亮くんが不意に誰かを大怪我させないために、考えてくれたってことでしょ？」

それを聞いていた瞬が懐かしむようにふっと微笑を浮かべ、亮も目を丸くしてから同じような笑みを浮かべた。

「……ああ、そうだな」

（……本当にこの子は唐突にクリティカルを出すわね）

梓は内心でそう呟いて苦笑を零した。

恵梨花によって空気が弛緩《しかん》したからか、咲が「くあ」とあくびをした。

「咲、眠い……？　あ、気づけばけっこう時間経ってるね……」

それを意識したせいか、言った恵梨花も目が眠そうになった。

梓も普段ならもうちょっと起きていられたと思うが、如何せん今日は緊張の連続だったため、疲れが出たのだろう、唐突に眠気を感じ始めた。

「……三人共、急に眠そうね……」

智子が三人娘に目を巡らせながら苦笑すると、椅子から立った。

「瞬くん、私はこの三人が眠っちゃう前に、啓子《けいこ》と一緒に、近くのお風呂のとこ連れていってくるわね」

「ああ、番長さん達も連れてけよ」

「——いや、俺が一緒に行くぞ」

亮が一緒になって立ち上がるも、智子が手を振って断る。

「亮はいいわ、ここで待ってなさいよ——亮抜きでこの三人と話したいこともあるし」

「は？　いや、それなら番長さん達は——」

「お風呂すぐ近くだし、そこまでの護衛ってだけだもの。ついたら戻ってもらうことになるし、亮はゆっくりしてなさいよ」

「いや、しかしだな——」

亮が反論しようとするも、智子は頑《かたく》なに拒否した。

「いいから。亮が一緒の方が目立つのよ？　なんたって今日最後の大一番の舞台にいたんだから。心配しなくて大丈夫よ。健吾《けんご》さんだけでなく、ガッチョさん達にもついてきてもらうから」

それでも亮が言い募ろうとした時に、恵梨花が微笑んで言った。

「亮くん、本塚さんもこう言ってるし、大丈夫だよ。すぐ近くなんですよね？」

「ええ、そうよ」

「いや、でもな——」

「もう、君が心配するのはわかるけど、会長が言っていた通り、君が一緒の方が目立つと思うわよ？

すぐ近くなら、このレックスの幹部の人達がついてくれてたら十分よ」

梓はもちろんだが、恵梨花だって忘れてない。今日、泉座に来る際に亮が出した、亮と絶対に離れないという条件のことを。

なのに、二人して智子の言い分に乗ったのは、亮と瞬のいるこの一角へと集まる視線が半端なかったからだ。

その視線は、いつもなら自意識過剰でもなく梓や恵梨花自身へのものと捉《とら》えるが、今は違う。ストプラのラスト二戦を圧倒的勝利で終えた、亮と瞬の二人にこそ集まっているのだ。

その亮と一緒に外に出たら、注目を浴びるだろうことは目に見えている。声だってどれだけかけられるかわかったものではない。

ならば、智子、亮、瞬が信じる男達と一緒に出る方が、色々と穏便に済むだろう。

それを亮もようやくわかったのだろう、小さくため息を吐いた。

「……わかった。何かあればすぐに呼べよ」

「それはもちろん」

恵梨花と梓と智子が揃って返せば、亮は納得がいったようで、腰を落とした。

やれやれと小さく息を吐いた智子は、親友の啓子がいるテーブルへ向けて声を張り上げた。

「啓子ー、お風呂行こーー！」

「んー？　あ、りょうかーい！」

そうして智子の誘導で、三人娘は近所のスパへ向かった。

その最中にすっかり啓子とも仲良くなり、お風呂から上がっても、五人してガールズトークで盛り上がった。

いつの間にかソファーで眠りについた恵梨花は、夜明け前に目を覚まし——屋上で亮と瞬を見つけたのである。

◇◆◇◆◇◆◇

「これで三回目のストプラも終わったー」

瞬が一仕事終えたような顔で言うのを聞いて、亮はふっと笑った。

「お疲れさんだな……にしても、毎度思うがよくこんなの自分で仕切ってやれるな」

「何、アホ共がくだらねえこと考えないための一つだと思えば、やれるもんさ」

「……そうか」

「ああ、それに頼れるやつも増えてきたしな」

「頼れない馬鹿も増えてるみたいだけどな」

「それは言うなよ」

瞬は苦笑して、手にあるグラスを傾ける。

それから二人はしばらく、グラスの中身を静かに飲んでいた。

互いに無理して会話を繋ごうなんて意識はない。ゆっくり時間が流れるのを楽しんでいるのだ。

「今日、な……」

そんな中で、亮がポツリと口を開く。

「ああ」

「シルバーの被害に遭《あ》った子に会った」

「……そうか」

「ちょっと性格捻《ひね》くれちまったように見えたが、立ち直ってるのかもよくはわからねえ――」

「ああ」

「けど、強く前を向こうと生きていた……ああ、生きていた」

「……そうか、そいつはいいことを聞いたな」

「だろ？」

「ああ」

そして二人は何がおかしいのかもわからないが、静かに笑い声を立てた。

「瞬、お前がストプラを始めたのは、お前自身が喧嘩相手を探すためもあるんだろうが……一番はシルバーみたいなのが出てこないようにするためなんだよな？」

「何わかり切ったこと言ってんだよ。ああ、ストプラでガス抜きさせて娯楽を増やせば、くだらねえこと考えるやつも減るだろ……顔見知りもこれが切っ掛けで増えるしな」

「よく考えたな、本当。俺は似たようなのが出てきたら潰そうとしか考えてなかったぜ」

「出てからじゃ、遅いんだよ。わかってるだろ？」

「……ああ、そうだな」

「レックスだって、この街で一番になれば、それなりに抑止力にはなる。だから作ったんだしな」

「番長さんいてよかったよな」

「ああ。あいつに説得されてなけりゃ、いつまでも一人でチーム潰してたかもしれねえ」

「それで人数多くて手強いのが相手になると、その度になんだかんだ適当な理由で俺を呼ぶのかよ。たまらねえな。番長さん様々だぜ」

「そんなこと言わずに付き合えよ、相棒」

「面倒くせえよ、相棒」

そしてたまらないとばかりに二人して大きな笑い声を上げる。

「……そろそろ夜が明けるな」

瞬の言う通り、太陽の光がうっすらと見え始めた。

「そうだな」

頷いた亮に、瞬が杯《さかずき》を差し出してきたので、首を傾げながら受け取る。

「ほら」

そして日本酒を注《そそ》ごうとしてくる。そのまま注いでもらう亮。

亮も、瞬が持つ新しい杯に酒を注ぎ返すと、瞬は空を眺めながら杯を前へ突き出した。

「明美《あけみ》へ――献杯《けんぱい》」

ハッとして、亮も瞬に倣《なら》った。

「献杯――明美に」

そして二人は目を閉じて黙祷《もくとう》を捧げた――早くに命を絶ってしまった、先輩へ。

「――きっと、見てると思うぜ」

目を開けた亮が、瞬に笑みを向ける。

「うん？」

「騒がしいのが好きな人だったからな――天国《あっち》でストプラ見てたと思うぜ」

「……だな」

微笑を湛《たた》えて頷いた瞬は立ち上がり、ズボンを叩いて砂を払った。

「じゃあ、俺は下へ戻るわ――馬に蹴られたくないしな」

「あん？　どういう意味だ――？」

瞬がアゴで扉の方をしゃくるので、そっちへ目を向ける。

「恵梨花……起きてたのか」

いつからいたのか、この距離で気づかなかった自分が信じられなかった。

「――じゃあ、また後でな。他に誰も近寄らせねえから、ゆっくりやれ」

「……ありがとよ」

正直なところ誰にも邪魔されず二人でいられるのは嬉しかったので、素直に亮は礼を言った。

瞬はかかっと笑うと、扉へ向かい、すれ違い様に恵梨花に声をかけて下へ下りていった。

「亮くん」

寄ってきた恵梨花が、瞬のいた場所よりも近いところで腰をトろした。

「ああ、恵梨花。いつからいたんだ？　声かけてくれりゃよかったのに」

「え？　ああ、うん、いいの。私がそうしていたかっただけだから」

「なんだそりゃ？」

「なんでもないよ、ふふ」

「？　そうか……」

すぐ傍で上機嫌に微笑む恵梨花が妙に眩しく感じられて、亮はそっと目を逸らした。

亮が前を向くのに倣って恵梨花も視線をそちらへ向けると、何かを嗅ぐようにスンと鼻を鳴らした。

「なんか、昼間と空気の匂い違わない？」

「うん？　ああ、これか。深夜の匂いだな」

「深夜の匂い？」

「ああ、昼より交通量が少ないから、空気が澄んでんだろうな」

「へえー？」

感心した風な恵梨花は、胸いっぱいにその匂いを吸い込んだ。

「うん、なんか気持ちいいね」

「ああ、俺もこの匂いはけっこう好きだ」

「そっか、ふふ」

「？　なんか妙に嬉しそうだな」

「そう？　なんでだと思う？」

亮は数秒考えてみたが、早々に諦めた。

「さあ、わからん」

「もう……」

恵梨花が拗《す》ねたような声を出した。

「何があったんだ？」

気になって亮が聞くと、恵梨花はニコリといつもの笑みを浮かべた。

「うん、今日で亮くんの色んなことわかったなーって思って」

「……何をわかったのか、知るのちょっと怖いな……」

自分がいない間に瞬から、または智子や啓子から何か聞いたのだろうとは予想がつくが、何を話されたのかは皆目《かいもく》見当がつかず、亮は頬が引き攣りそうになった。

「ふふ、そんな変なことじゃない――あ」

「なあ、そこでそう止めるのやめろよ。何聞いたんだよ」

「えーと、ううん。なんでもないよ？」

頬をうっすら赤くしながら、目を泳がせる恵梨花。

「いや、どう見ても嘘じゃねえか。何聞いたんだよ」

「えーと、ひ、秘密」

「ああ……」

一体何を聞かされたんだと、亮は頭を抱えた。

「そ、そんなに変なことじゃないよ……多分」

「なんだ、その多分は。とどめを刺しにきてるのか……はあ」

そうやってため息を吐く亮に苦笑した時、恵梨花は正面から射す朝陽の光に気をとられた。

「日の出だ！　日の出だよ、亮くん！」

何が嬉しいのか、恵梨花は興奮した様子で立ち上がると、亮の手を引っ張った。

「向こうまで行ってみようよ！」

「あ、ああ……」

恵梨花が何故そんなに嬉しそうにしているのか不思議に思いながら、亮は腰を上げた。

そうして手を引っ張られたまま、屋上の端まで行くと、二人は肩を並べて太陽が昇るのを眺めた。

「綺麗……」

恵梨花がうっとりと呟いた。

（まあ、綺麗、か……）

正直なところ、亮は毎週のように見ているため恵梨花ほどの感動はない。

だが、恵梨花が喜んでいるなら、それだけで価値が高まるように感じるから不思議だ。

「私、夜中から外にいて、こうやって日の出見るの初めてかも」

「へえ？　珍しい……のか？」

「うーん、そんなに珍しくないと思うんだけど……」

眉をひそめて言いながら、恵梨花は未だ亮の手首を掴んだままだということに気づいたようだ。

そして一度離して手と手でつなぎ直すと、嬉しそうに恥ずかしそうに微笑んだ。

「えへ」

相も変わらずの反則的に可愛い笑顔の不意打ちに、亮は胸を銃撃されたかのような気分を味わった。朝陽の光が山吹色でよかったと初めて思った瞬間である。顔の赤さを誤魔化《ごまか》せるからだ。

それからしばらく二人は静かに、街が太陽の光に覆われていくのを眺めていた。

そうしていると突然コテンと、恵梨花が亮の肩に頭を載せた。

恵梨花の柔らかい髪や体温を肩に感じてくらっときたが、亮は踏ん張って耐えた。

「ねえ、亮くん……」

目を閉じて、囁《ささや》くように恵梨花が呼びかける。

「な、なんだ？」

「大好きだよ」

亮は自分の心臓がバックンバックンと鳴っているのを自覚した。

「そ、そ、そ、そうか……」

「うん——いつも私のこと守ってくれるよね。初めて会った時、ボールが当たりそうになった時、階段から落ちた時、そして今日も……他にも私の知らないところで守ってくれたりしてるよね？詳しくは知らないけど、知ってるんだよ？」

「……」

真壁《まかべ》達のことか。流石に隠し通せてはいなかったみたいだ。

「守ってくれるからってだけじゃないよ。一緒にいるだけで嬉しいし、ドキドキするし……うん、亮くんと付き合ってから毎日がすごく楽しいの」

「それは……俺も、だな」

「でも私、守ってもらってばっかりだよね。それなのに大したこと返せてなくて……」

「いやいや、何言ってんだ。それは俺の台詞だろうが」

「そんなことないよ」

「あるって。いつも恵梨花には感謝してる……弁当とか。毎日あんな量準備してくれてな」

「そんなの大したことじゃないよ。私がしたくてやってるだけだし」

「恵梨花はそうかもしれねえが、俺には何よりのもんなんだよ」

「……そっか」

「ああ。だから、返せてないなんて思うなよ」

「うーん……あ、じゃあ、亮くんが何か困った時は、私が亮くんのこと助けるね！」

顔を上げて、さも名案のように告げてくる恵梨花に、亮は苦笑を浮かべる。

「俺が困った時？」

「うん、喧嘩とかは私には何も出来ないけど、そういうこと以外で亮くんが困った時！」

「そりゃ、頼もしいな」

亮がそう言うと手を引っ張られ、恵梨花と正面から向き合って疑わしそうに見上げられる。

「……本当にそう思ってる？」

「ああ、当然だろ」

「……ん、その時は私が助けるからね！」

そう言って満面の笑みを見せる恵梨花の横顔に、柔らかい山吹色の光が射す。それが一層恵梨花の魅力を際立たせて、亮は思わず見惚れてしまった。

「……亮くん？」

ぼうっとする亮に、恵梨花は小首を傾げる。が、突然ハッとなって口を閉ざし、期待も含まれたような緊張を顔に浮かべてジッと亮を見上げた。

そうやって少し固くなっている恵梨花に気づいた時、亮は恵梨花が待っているということにも気づいてしまった。何を待っているのか、ということも。

勘違いではないと何故だか確信が持てた。

どうしようかと焦り、躊躇《ちゅうちょ》したのを一瞬の間で終えられたのは、亮もそうしたいと何度も思ったことがあるからだ。

意を決してゆっくりと恵梨花に顔を近づけると、恵梨花も合わせるように少し寄ってきた。

それを二人は繰り返し、文字通り目と鼻の先の距離になると、恵梨花はスッと目を閉じた。そこから亮は吸い込まれるように、そこへ――恵梨花の唇に自分の唇を重ねた。

昇ったばかりの太陽の光が、重なった二人の影を作る。

それは一瞬だったのか、数秒だったのか、それとも数分だったのか。二人にはわからない時間が経って、亮はゆっくりと離れた。

そこに来て亮は、自分の足が震えていることに初めて気づいた。

正直なところ、どんな強敵と戦うよりも緊張したなと、達成感に包まれながら思った。

腹にたまった緊張を深く吐き出したいのを我慢しながら恵梨花を見ると、顔を伏せて亮と目を合わそうとしない。

「……恵梨花？」

まさか嫌だったのだろうかと亮が頭の中を真っ白にした時、恵梨花が突進するように抱きついてきた。

「――っとっと」

その勢いのせいでよろけそうになったが、そこは鍛えられた肉体を持つ亮である。しっかりと受け止めた。

「……なんか、恥ずかしくて顔見られない……」

押し殺すように囁く恵梨花の声を耳にして、亮も今更ながらに恥ずかしさが湧いてきた。

先ほどまでは緊張の方が勝っていたようだ。

そうなると亮も恵梨花と顔を合わせ難《がた》く感じ、ならば今抱き合って互いに顔を見えないようにしているのは、非常に合理的なことだと思えた。

「そだな……」

亮はぎゅっと抱きついてくる恵梨花を優しく抱き返した。

「大好きだよ……亮くん」

「……俺も」

ついと自分の口から出た言葉に自爆して顔を沸騰させた亮は、改めてこの体勢の素晴らしさを悟った。

「――ふふっ、亮くん、心臓の音すごいよ？」

抱きついた姿勢のまま、恵梨花がクスリと笑う。

「……それは恵梨花もだろ」

「そ、そうかな？」

「ああ」

「うん……ふふっ」

それから二人は互いの緊張や恥ずかしさを溶かし合うように、静かに抱きしめ合った。

が、しばらくして亮は、非常にまずい事態に進みつつあることに気づいた。

今、亮は全身で恵梨花の体の柔らかさを感じているのだ――特に胸部がやばい。

恥ずかしさは少し落ち着いたが、それと同時に理性がガリガリと削られていくのを自覚した。思春期真っ只中の若者なのだから仕方ない。このまま抱き合っているのは至福の境地だが、やはり不味い。打開するために亮は何か話そうと話題を探し、思いつく。

「そ、そういや、恵梨花、ゴールドクラッシャーのことで何か話があったんじゃなかったか？」

「……え？　あ、そうだ……」

どこか夢見心地な声で返事をした恵梨花は、名残《なごり》惜しそうに亮から離れた。そして、少し恥ずかしそうに顔を上げると、まごつきながら口を開く。

「えっと、ね……」

「あ、ああ」

「今度、じゃなくても、近い内の週末にね──」

「ああ？」

何か用事だろうかと首を傾げる亮に、恵梨花は意を決したように言ったのである。

「──私の家に来て欲しいの」

第二章　変わりゆく日常

「ただいまー」

恵梨花は先ほど自宅の玄関で言った言葉を、自分の部屋に入った時にも思わず口にしてしまった。

それは常にないことで、何故だろうと恵梨花は小首を傾げたが、その疑問はすぐに氷解した。

ただ一日しか空けていないにもかかわらず、妙に久しぶりに感じたからだろう。

自分の部屋というのは、その人の一番落ち着く場所と言っても過言ではなく、つまりは日常の象徴と言える。

部屋に入って久しぶりだと感じたということはそれだけ、空けたその一日が、日常とはかけ離れていたということなのだろう――泉座で過ごした一日というのは。

今の時間帯は夕方を過ぎたところである。

朝方になって、少しばかり亮が仮眠をとってから、みんなでブランチをいただくと、軽く片付けに参加してから一同は解散した。

それから恵梨花は名残惜しそうに亮と別れると、咲、梓と共に梓の家へ向かった。着替えの荷物が置いてあるからだ。

梓の家につき服を着替えると、三人娘は紅茶と茶菓子をいただきながらゆったりと過ごした。

初めて行く夜の泉座、慣れない環境で過ごした一晩は、後半は楽しかったものの、如何せん緊張の連続だったので、体は思った以上に疲れていた。

そうして、休んでいると夕方も間近、恵梨花と咲は梓に見送られて慌てて帰途についたのである。

「はーっ……」

恵梨花は自分の部屋に帰ってきて気が抜けたのと疲労感から、ベッドへボスンと身を投げ出した。

その際に軋《きし》んだベッドの揺れが妙に心地よく、恵梨花は枕に顔を埋めながら目を閉じた。

（……本当に色んなことがあった一日だったな……）

それを昨日から、何度思ったことか。

泉座に行く前から狙いをつけられ初っ端から罠にハメられ、一時はどうなることかと、心胆を寒からしめた。

罠だとわかってからは、ゴールドクラッシャーの捜索もどうなることかと途方に暮れそうになったり、更には親友と彼氏を巻き込んでしまったと思った時は、絶望感に押し潰され泣きそうになったりした。

そんな時に発破《はっぱ》をかけてくれたのが、彼氏である亮のデコピンだった。

その時の痛みを思い出して恵梨花は思わず額《ひたい》を擦った。と言っても、痛み自体はそう大したことはない。後を引くこともなく、すぐ治まったものだ。

冗談でも亮が恵梨花をはたいたり、殴ったりしたことはなかったため、ひどく驚いたが、肝心なのはそのことではない。

額に衝撃が走った後、亮が怒ったような呆れたような顔で何か言いかけたが、ギャングの声にかき消されて聞こえなかった。が、何を言おうとしたのかは、その前のデコピンを通して伝わっていた。

「……『俺がいるのにそんなくだらねえ心配するな、シャキッとしろ』……だよね、亮くん」

ふふっと微笑む恵梨花。

そんな亮の心強い活と親友達の怒った顔から勇気をもらい、恵梨花は岩崎乃恵美《いわさきのえみ》に立ち向かえたのだ。

にしても、亮がいなかったらどうなっていたのかと、身震いが止まらなくなる。

そもそも前提条件として、亮がいなければとても夜の泉座へ三人娘だけで行くなんて選択はなかっただろうが、それでも考えてしまうし、そしてその恐怖に比例して亮への感謝が大きくなる。

とはいえ、亮が噂に疎《うと》くなければ泉座へ行く必要すらなかったのだが、それはそれだ。

完璧な人間などいない。

それに恵梨花からしたら、亮のそれは愛すべき欠点のように思えてしまうのだ。

ともあれ、亮は三人娘を体を張って無傷で守り抜いた。

それが一番大事なことだろう。

梓もそう言って、自分がゴールドクラッシャーだと知らなかった亮を許した。

そう、ゴールドクラッシャーだ。

姉を救った恩人がこんな身近にいたなど、どうして想像できよう。

衝撃が大き過ぎて、恵梨花が茫然自失となったのも当たり前のことだろう。

それは、姉を助けた人だからというだけではない。

恵梨花も初めて会った時に助けられているし、そして恵梨花の知らないところで亮が自分を守っているということにも、なんとなく気づいている。幼馴染の郷田《ごうだ》も亮に迷いを晴らしてもらったし、昨日は親友を含めて守ってもらったばかりだ。

自身と、そして身近で大切な人間と、一体どれだけ亮に助けてもらっているのだろう。

それに改めて気づくと、知らぬ間に涙が出ていて、亮を困らせてしまった。

恵梨花自身も何故、涙が出たのかわからず困惑したものだ。

感謝の気持ちが大き過ぎるから、というのが理由としては一番だろうか。だが、それだけではない気もする。考えてもよくわからなかったが、ひとまずは亮への感謝の気持ちを忘れなければいいだろうと、恵梨花は結論付けた。

「本当に亮くんに助けてもらってばっかりだ、私……」

思わず苦笑と共に一人言が零れる。

亮には自分も助けられていると言われたが、とてもそうは思えず、恵梨花はうつ伏せた姿勢のまま、枕に向けてため息を吐いた。

（落ち込んでも仕方ないか、少しずつ返していけばいいよね……亮くんが困った時は）

そう、恵梨花は今朝方、屋上で亮にそう宣言したばかりなのだ。

（でも、そんな時来るのかな……？）

いまいち、亮が困る事態を想像出来ない。

しかしながら、困っている亮を見たことはあるのだ。

しかも、そうさせたのは他ならぬ恵梨花である。

目立ちたくない亮に近寄り、注目を浴びさせてしまい、彼はあの時、確かに困っていた。

こう考えると複雑な思いになるが、これぱっかりは仕方ないと思ってもらうしかないだろう。

他には思い浮かばず、どうしたものかと恵梨花の方が困ってしまう。

（あーダメダメ……）

恵梨花は枕に埋めた顔をブンブンと左右に振る。

亮が困っていないなら、それはいいことなのだ。困ることにならないかと期待するのは身勝手過ぎる考えだ。

（とにかく、亮くんが困ったりしたら全力で助ける。それでいっか……）

とりあえず、夜明けの時、亮に言ったことを忘れなければいいだろう。

「……」

そう、今日の夜明けのことだ。

亮に宣言した時のことを思い返そうとしても、どうにも上手くいかない。何故なら、その数分後により強烈な思い出が出来、ずっと頭から離れないためだ。

今も、いや、一人になった今はよりその記憶が強くなり、目を閉じると、朝陽に照らされた亮の顔が目の前に浮かんでくるようで、恵梨花の顔が、耳が、瞬時に赤くなっていく。

それがなんなのかと言えばもちろん――。

（亮くんと……キスしちゃった……!!）

その時の感触は今でも残っていて、ハッキリと思い出せる。そして恵梨花はうつ伏せている顔を、両手で無理矢理覆った。

（キャーーー!!）

嬉しさが爆発しているのか、恥ずかしさが強いのか――いや、両方だろう。

高ぶった気持ちは恵梨花の体の制御を取り払い、足をバタつかせ、体はベッドの上をグルングルンと転がり悶《もだ》えた。

とても、人には見せられない痴態だろう。

だが、ここは恵梨花の部屋で、恵梨花以外は誰もいないから問題ない――。

「……何してるの、ハナ」

突然聞こえた声にピタッと止まり、顔を覆っていた両手を恐る恐る下にスライドさせ、目を露にする恵梨花。すると見えたのは、扉を開けたところで立ち止まり、どこか腰が引けている様子のユキ姉――雪奈《せつな》であった。

「ユ、ユキ姉……な、なんでそこに？　え？　あれ、ノックは？」

「ノックしたけど反応ないし……イヤホンで音楽でも聞いてるのかと思って、開けたんだけど……その、ごめんなさい」

非常に申し訳なさそうに謝罪の言葉を告げる雪奈だが、それはある意味、恵梨花に追い打ちをかけているのと同じようなもので、恵梨花の頬が引き攣る。

「う、ううん……えっと、いつからそこに……？」

「……ハナが、その、ベッドで転がり始める直前ぐらい……」

恵梨花にノックの音の記憶はまるでないが、姉がそんな嘘を吐く理由もないのはわかっている。

つまり、亮との思い出に浸《ひた》り過ぎて、耳に入らなかったのだろう。

「そ、そっか……」

笑って誤魔化そうとした恵梨花だが、それが引き攣っていると自覚出来た。

「うん……」

「……」

「……」

気まずい沈黙が流れる。

追及される前にと、恵梨花から先に口を開いた。

「と、ところで、ユキ姉、何か用事？」

「あ、そ、それね、お母さんが晩御飯の支度手伝ってって呼んでるわよ？」

「あ、うん、わかった」

「はい、じゃあ、伝えたからね」

そして部屋から出ようとした雪奈を、恵梨花は呼び止めた。

「あ、ちょっと、待って、ユキ姉」

「ん、何？」

「えっと……次の土曜なんだけど、ユキ姉、用事ある？」

「次の土曜？　……その日は午前に大学で用事あるから、午後は空いてるけど……なに、買い物一緒に行く？」

恵梨花と雪奈は服の趣味が合い、よく二人で買い物に行くことがあるため、姉はそう当たりをつけたのだ。

「ううん、買い物じゃなくて……」

「？　じゃあ、何かしら？」

「えっと……うん、後でお母さんにも話すけど、出来たらそのまま予定空けておいてくれる？」

「？　いいわよ」

理由を話さなくとも、快く了承してくれた雪奈に恵梨花はホッと安堵の息を吐く。

「うん、じゃあ、お願い」

◇◆◇◆◇◆◇

夕食を終えてしばらくしてのこと。リビングで母と姉がお茶を手にまったりしているところへ、恵梨花はそっと顔を出し、あたりを見回した。

「どうしたの、ハナ?」

恵梨花の不審な行動にいち早く気づいた母、華恵《かえ》が声をかける。

「うん……ツキはお風呂入ってるんだよね?」

今からする話は姉と母にしかしたくないため、恵梨花は妹の所在を改めて確認したのである。

「そうよ、もうちょっとしたら出てくるんじゃやない?」

母の回答に、恵梨花は「よし」と内心でガッツポーズをとる。

「お父さんとお兄ちゃんはあっちで晩酌《ばんしゃく》中だよね? ちょっと、お母さんとユキ姉に話があるんだけど……」

「あら、何かしら? ユキ、ハナにもお茶淹れたげなさい」

「はあい」

雪奈が恵梨花のカップを取り出して、お茶を注いでくれるのを横目に、恵梨花は雪奈の隣に腰を下ろした。

「ありがと、ユキ姉」

「どういたしまして……話って、さっき言ってた？」

「うん、そう……ねえ、お母さんって次の土曜は家にいるよね？」

「ええ、いるわよ」

「午後なんだけど、お父さんは仕事で、お兄ちゃんとツキは部活でいないよね？」

「？　ええ、確かそうだったけど……」

母が不思議な様子で頷くと、雪奈は何かに勘付いたのか「あ」と声を上げた。

「もしかして、ハナ、彼氏連れてくるの？」

雪奈がからかうような笑みを浮かべると、華恵は目を丸くした。

「まあ、本当に？」

「う、うん……」

恵梨花は照れ臭くなり、俯きがちに頷いた。

「そっかそっか、それで私とお母さんがいることを確認したってことは……紹介してくれるのね？」

「そ、そのつもりなんだけど……家にいてくれる？」

「もちろん、楽しみだわ」

ご機嫌な様子で雪奈が快諾《かいだく》すると、華恵はおっとり微笑んだ。

「お母さんも楽しみだわ、ハナの大食漢《たいしょくかん》の彼氏にようやく会えそうで」

「た、大食漢って…………うん、否定できない……！」

恵梨花が毎日拵えている大量の弁当を、誰が食べているかなど家族の全員が把握している。

「ふふっ、成長期の男の子なんだから食べ過ぎるぐらいでいいのよ」

華恵がそう言うと、雪奈は苦笑した。

「にしても、いつもいつもすごい量だと思うけどね」

「いいのよ、昔から大食いの男の人に悪い人はいないって聞くしね」

「うーん……案外そうかも」

雪奈が首を傾げつつも頷くと、恵梨花も苦笑した。

「で、でも、亮くんは本当に悪い人なんかじゃないからね」

「ハナが選んだ人だもの、そこは心配していないわ」

「そうね」

華恵と雪奈が相槌を打つと、恵梨花はホッとした。

「それにしても、急にどうしたの？　確かに前に紹介してとは言ったけど、わざわざこうやって私とお母さんに前もって断ってきて」

「ああ、うん、ちょっとね……お母さんとユキ姉には、どうしても会ってもらいたくて」

「ふうん？」

「何か事情でもあるの？」

「うん、そんなとこ」

母の問いに、恵梨花はここで明言するのは避けた。

正直に言っても信じてもらえるかわからない。なので雪奈には、前情報なしに会ってもらいたい。

記憶が確かなら会えば気づくはずだし、実は、悪戯心も少しある。

ニッコリする恵梨花に、雪奈は小首を傾げ、華恵は楽しみだと言わんばかりに微笑んだ。

「……で、もう一回確認するけど、お父さんとお兄ちゃんは、その日は家にいないよね？」

「ええ、そのはずよ……でも、そうね。念のために、また確認しておきましょう」

「……ああ、確かに、お父さんとお兄ちゃんがいたら面倒なことになりそうだもんね。ハナが彼氏連れてくるなんてこと」

恵梨花は真面目な顔で頷いた。

重度のシスコンで、特に恵梨花に甘い兄は、きっと誰を連れてきても難癖をつけてくるだろう。

娘達を溺愛している父も、いい顔はしないはずである。

ただ、それも亮がゴールドクラッシャーだと知らなかった場合の話だ。

亮がそうだと知ったら、恐らく態度は急変するだろう。だから、その前に亮に会わせたい気持ちがあるものの、その場合、面倒な事態に発展する未来しか見えないから悩ましいところだ。

恵梨花の計画としては、まず母と姉に紹介し、この二人に亮の完全な味方となってもらう。それから、恵梨花の彼氏として紹介するか、ゴールドクラッシャーとして紹介するか、どちらを先にするか母、姉と相談をする。

正直なところ、亮がゴールドクラッシャーでなければ、父と兄に紹介することは結婚前までなかっただろうと恵梨花は考えていた。

ただ、父も兄も、雪奈の恩人であるゴールドクラッシャーには是非とも会ってお礼を言いたいと、強く願っているのを恵梨花は知っているし、共感も出来る。

だから気は進まないが、父と兄にもいずれは亮を紹介しなくてはいけない。

(亮くんにはごめんだけど……)

内心で深くため息を吐く。

どうにも亮に迷惑をかけてばかりな気がして、落ち込みそうになった。

「お父さんもお兄ちゃんも困ったものね……あ、ツキはどうするの？　あの子にはまたの機会に？」

雪奈は頬杖を突いて恵梨花に目を向ける。

「えっと、ツキは……ちょっとややこしくなりそうだから、今回は秘密にしとこっかなって」

「ああ……黙っていられるか心配だものね」

同意するように雪奈は頷いた。

「そうね……仲間外れにするようでツキには悪いけど、これに関しては当日まで黙ってた方がよさそうね」

頬に手を当てて華恵まで同意するあたり、末妹の口の軽さが窺《うかが》える。

「うん、だからツキには、またの機会にってことで今回は黙っててね？」

恵梨花が念を押すと、母と姉は苦笑しながら了承した。

と、そこへ、リビングの扉が開かれ、三人の肩がビクッと震える。

「はー、サッパリしたー！　お母さん、牛乳まだあったよねー？」

現れたのは噂をしていた当人で、藤本家の末っ子、美月《みづき》である。

恵梨花より二つ年下の中学三年生で、姉二人に比べたら少し小柄だが、やはり母の美貌をしっかりと受け継いでいて、その上に活発さがよく伝わってくる顔立ちだ。

風呂上がりの美月はショートパンツにタンクトップ姿でバスタオルを肩にかけ、にぱっと笑みを向けてきた。

「え、ええ、あるわよ」

していた話が話なだけに、僅かばかり動揺しながら母は答えた。

恵梨花は雪奈とアイコンタクトを交わす。

（聞かれてないよね……？）

（多分……）

冷蔵庫から出した牛乳をコップに注ぎ、腰に手を当てゴクゴクと一気飲みする美月を窺う姉二人。

「ぷはーっ！　風呂上がりはやっぱりこれだね！」

火照《ほて》った顔を幸せそうに緩《ゆる》める美月の様子から、恐らく聞かれていないだろうと姉二人は頷き合った。

「ん？　ねえ、三人で何話してたのー？」

美月が更にもう一杯牛乳を注ぎながら尋ねてきて、母は首を横に振った。

「別になんてこともない話よ？」

「そうそう。それよりツキ、髪はちゃんとドライヤーで乾かしなさい」

「そうだよ、ツキ。乾かさずに寝るから、朝いっつもすごいことになるんだよ？　いつも起きるのギリギリなのに」

姉二人から小言を受けて、美月は「うへぇ」と苦い顔をする。

「わかったって、後でやるよー」

「ちゃんとやりなさいよ、もう暑いからって油断してると風邪引くんだから」

「はいはーい」

適当な返事をして、飲み終えたコップを台所へと片付けに行く美月に、母が用事を頼む。

「あ、ツキ、そこに置いてあるおつまみ、お父さんのとこに持っていってくれる？」

「わかったー」

美月は盆を持って、姉二人の小言から逃げるように、父と兄が晩酌する部屋へバタバタと去っていった。

「……聞かれてないよね？」

恵梨花が改めて問うと、母は困ったように微笑んだ。

「恐らくね」

「……だと、いいけど……」

◇◆◇◆◇◆◇

「痛た……」

「大丈夫、父さん？」

痛そうに腰へ手を当てる父に、藤本家の長男、純貴《じゅんき》が気遣う声を出す。

「ああ、少ししたら治まる……」

「いい加減、病院行ったら……？」

「そのつもりだが、如何せん時間の都合がつかなくてな……」

相変わらずの父の答えに、純貴はため息を吐いた。

「そう言っていて、いきなり倒れて動けなくなるとか勘弁してくれよ、父さん」

「わかってる、近い内に行くから、そう言うな純貴」

「はあ……ほら、コップ」

そう言って、純貴が瓶ビールを傾けると、父はコップを差し出した。

「ああ」

そうして父が純貴に注ぎ返していると、襖《ふすま》が開けられて美月が盆を片手に入ってきた。

「はい、お母さんからだよー」

「お、きたきた」

父も純貴も好物のだし巻き卵が来て、揃って相好《そうごう》を崩す。

早速箸でつまんで、ビールで流し込む純貴。

「ああ、美味《うま》い！」

「うむ、やはり母さんの作る卵焼きは最高だな」

「お兄ちゃん、私も一口！」

そう言って口をアーンと開ける美月に、純貴は微笑ましいといった顔で、妹の口へ卵焼きを入れてやる。

「んー」

上機嫌に咀嚼した美月は、飲み下してから父と兄へ改まった顔を向けた。

「ところで、お父さん、お兄ちゃん」

「どうした美月？」

「なんだ、ツキ、その顔は？」

真面目に問い返す父と、からかうような笑みを向ける兄に、末妹はこう切り出した。

「――ハナ姉が、お父さんとお兄ちゃんがいない時を見計らって、彼氏をこの家に連れてくるようです」

「なんだと⁉」

「ハナの……彼氏だと⁉」

一気に剣呑《けんのん》な空気を発する父と兄に、美月はニンマリとする。

「はい、そうです」

「しかも、私がいない時か」

「俺もか」

「うん、そうみたい。お母さんとお姉ちゃんだけに紹介するみたいだよ」

「馬鹿な、真っ先に私に紹介するべきだろう」

「いや、父さん、ハナの彼氏は俺に先に見極めさせてよ」

憤慨する父と、物騒な気配を漂《ただよ》わせる兄を前に、美月は怯《ひる》むことなくニコニコと笑顔のままだ。

「それはいつなんだ？　知ってるのか、美月は？」

「知らないとは言わないよな、ツキ？　知ってなくても聞いてくるよな？」

問い詰めてくる男二人に、美月は笑みを深めた。

「いつか知ってるよ？」

「うむ、流石は美月だ」

「でかしたぞ、ツキ！　――で、いつなんだ、それは？」

「うん、じゃあ――」

物騒な笑みを浮かべる父と兄へ、美月はニッコリとしながら手を差し出した。

「――お小遣い、ちょーだい？」

こうして、恵梨花は妹に売られたのである。

◇◆◇◆◇◆◇

「ちょっと顔貸してよ」

激動の週末を終えて、いつも通り登校した学校で迎えた休み時間。乃恵美が三人娘の教室を訪れ、ちょうど恵梨花の席に集まっていた三人に、開口一番言ったのがこれだ。

呆気にとられ、ポカンとしてしまった三人の中で最初に口を開いたのは、意外にも梓ではなく恵梨花だった。

「えっと……なんの用ですか、岩崎さん？」

「馬鹿なの、あんた？　その用を話すから顔貸してって言ってんのに」

素っ気ないその答えに、恵梨花は返す言葉に迷った。

「えっと……」

「心配しなくても、変なこと企《たくら》んだりなんてしてないわ……まあ、信用できないでしょうけど。だから人目のあるとこで、中庭ならいいでしょ？」

「えっと……私だけ、ですか？」

「……いいえ、三人共よ」

恵梨花は梓、咲を窺い、拒否する素振りを見せていないのを確認してから頷いた。

「わかりました、行きましょう」

乃恵美が無言で踵《きびす》を返し、教室から出る。三人娘は後に続いた。

素直についていったのは乃恵美の言うことを真に受けたからではない。

なんとなく、乃恵美の雰囲気が変わっているような気がして、嘘を感じなかったためだ。


「悪かったわ、この間のことは」

中庭に下り、三人娘と向かい合った乃恵美は、これまた唐突に、そう告げてきたのである。

余りにアッサリしたその詫びに一瞬、なんのことかわからなかったが、すぐに理解する。

ほんの二日前のことであるし、忘れるには無理があるほど強烈な出来事だったからだ。

ただ、こうも簡単に謝られると事態の重さに合ってないようで、釈然としない。

「……一昨日のことに対してなんですよね？」

答えはわかっているのに、つい聞いてしまったほどだ。

梓の問いに、乃恵美は素っ気なく答えた。

「それ以外に何があるのよ」

「それは……そうなんでしょうが……」

何も今更、土下座をしろなどと言うつもりはない。

ないが、やはり腑《ふ》に落ちないというのが、三人の偽らざる心情だ。

顔に出ていたのか、敏感に察したらしい乃恵美はため息を吐いた。

「わかってるわよ、これだけじゃ納得いかないなんてことは」

「では、どういう……？」

意図を知りたくて、恵梨花は尋ねた。

「私のことを好きにしたらいいわ……殴るなり、蹴るなり……。もしくは、あんた達にしようとしたことを、してくれてもいいわ」

「それって……？」

恵梨花は若干、顔を強張《こわば》らせて曖昧に促す。

「わかってるでしょ？　……でも、それをしてくれる男は自分達で探してきてよ。気にすることないわ。どうせ、私の過去知ってんでしょ？」

「――っ」

梓と咲が息を呑む横で、恵梨花は乃恵美の真意を探ろうとジッと彼女の目を見つめる。

そしていつまでも目を逸らさない乃恵美から、覚悟を感じ取った。

どうやら乃恵美は本気で言っているようで、恵梨花はそれが腹立たしかった。

「わかりました、それじゃあ――」

一歩踏み出した恵梨花は手を振りかぶって、乃恵美の頬を思いっきり引っ叩《ぱた》いた。

中庭に、それはもう見事なビンタの音が響く。

いきなりこんなところでという驚きのためか、痛みのためか、それとも両方か、乃恵美は体をよろけさせ、そのまま尻もちをつき呆然と恵梨花を見上げた。

梓と咲、更には周囲の視線を一斉に集めているのにも構わず、恵梨花は冷たい目で乃恵美を見下して言い放った。

「そんな風に自分を卑下して、簡単に自分を傷つけようとする人、私は嫌いです」

叩かれた頬を押さえながらゆっくり立ち上がる乃恵美を、恵梨花は睨みつけた。

「私達に謝罪するというのなら、それはもういいですから、代わりに約束してください」

「何……を……」

乃恵美はぎこちなく口を動かして問い返した。

「さっきみたいに、自分を卑下して、そして自分で自分を傷つけるような、傷つくことを厭《いと》わないような真似はもうしないでください」

妙な威厳を発する恵梨花に、乃恵美は押された。

「な、なんで、あんたにそんなこと――」

「約束してください」

有無を言わさぬ口調の恵梨花に、乃恵美は足を一歩引いた。

「だ、だから、なんでそんな――」

「約束しなさい!!」

激おこぷん――いや、亮が恐れるお母さん化した恵梨花の迫力に呑まれた乃恵美は、思わずといったように頷いた。

「わ、わかったわよ――約束すればいいんでしょ？　するわよ」

途端、ニンマリと笑顔になる恵梨花。

「はい、忘れないでくださいね」

苦い顔でため息を吐く乃恵美。

「はあ……なんなの、この似た者カップルは」

「え、似た者……？　亮くんと!?」

顔を赤らめる恵梨花に、乃恵美は片眉を吊り上げる。

「何よ、そうじゃない。あんたも、あの彼氏も、先輩相手に急に口調荒らげたりして」

「あ、ああ……そっちですか」

恵梨花が落胆した声を出すと、梓と咲が噴き出した。

「ちょっと、梓、咲！」

抗議の意味を込めて二人の名を呼ぶと、梓は笑いを堪《こら》えながら口を開いた。

「ふふっ、ごめんごめん、確かに岩崎さんの言った通りだと思ってね」

ムスッとする恵梨花に梓は微笑むと、乃恵美へ向かい合った。

「では、岩崎さん。私も、岩崎さんに何かするというのではなく、恵梨花との約束を守ってもらうことを代わりとさせていただきます」

「……私も」

同意を込めて咲も頷くと、乃恵美は眉を寄せた。

「……あんた達まで？　……本当にそれでいいの、あんた達？」

「どういう意味です？」

梓の問いに、乃恵美は顔をしかめた。

「他にもあるんじゃない？　もう私に近寄るなとか、あんた達に何もしないとか」

「以前に、その約束は破られたばかりですが？」

「それは……そうだけど」

「それに、その約束をする必要性はもうないように思えますし」

「……どういう意味よ？」

「言葉通りですが？　岩崎さんは、もう私達をどうこうしようなんて考えていませんよね？」

「……」

「その沈黙は肯定と受け取らせていただきます」

梓が慇懃《いんぎん》に告げると、乃恵美は舌打ちをした。

「本当、揃いも揃って生意気ね、あんた達は」

「さあ、どうでしょう？　受け取り方次第だと思いますよ？」

「そういうところが生意気って言ってんのよ」

梓は肩を竦めて、その言葉を受け流した。

「はあ……じゃあ、もうこの話は終わりでいいのね？　戻るわよ、私は」

「はい、約束守ってくださいね」

恵梨花の声に返事をせず、踵を返そうとした乃恵美を梓が呼び止めた。

「あー、ちょっと待ってください」

「何よ？」

立ち止まって振り返る乃恵美。

「これは別に蒸し返すつもりはなく、ちょっとした疑問なんですが……」

「何よ」

「岩崎さんが、恵梨花にちょっかいをかけていた理由はなんとなく察せられるのですが、最近その度合いが大きくなっていたように感じたのは、私の気のせいではありませんよね？」

「……」

「やっぱりそうなんですね……何故です？」

乃恵美はしばらく無言で梓を睨み据えていたが、やがて諦めたようにため息を吐いた。

「放課後、時間ある？」

梓は恵梨花、咲と顔を見合わせて頷いた。

「はい」

「じゃあ、駅前のコーヒーショップで待ってるわ。休み時間ももう終わるし、そこで話すわ。構わないでしょ？」

「はい」

「罠だと思うなら、あの非常識の塊みたいな彼氏も連れてきなさい。彼がいれば、間違ってもあんた達に危険はないでしょ」

それだけ言うと、乃恵美はその場を去った。

「非常識の塊、ねえ……」

梓が楽しげに呟いた。

彼女として反論するべきかと思ったが、上手く反論出来る自信はなく、恵梨花は心中の複雑さを顔に出すだけに留めた。

◇◆◇◆◇◆◇

三人娘が乃恵美と話をしていたのとは、また別の休み時間、亮の教室では──。

「ねえ、桜木くん、桜木くん」

クラスのムードメーカー的存在である高橋《たかはし》が、亮を揺り起こしていた。

「……なんか用か、高橋さん」

起こされて不機嫌なのを隠そうともしない亮の声に、高橋はからかいの色も交じった苦笑を浮かべる。

「ちょ、ちょっと、恵梨花ちゃんじゃないからってそこまで嫌そうな顔しなくてもいいじゃん」

「……俺は寝起きはいつもこんな感じだと思うけど」

亮がそう反論すると、高橋は一本指を立て「チッチ」と振る。

「違うね、全然違うね。恵梨花ちゃんの時でも確かに機嫌悪そうだけど、でもそれよりも、しょうがないなあって感じでありつつ嬉しそうなのが、顔に出てるもん」

「……気のせいだろ」

「いーや、本当」

亮が反論すると、目の前の高橋だけでなく、あちこちから同意の声が返ってきた。

思わぬ事態に唖然とする亮に、高橋は訳知り顔でウンウンと頷いている。

「まあ、桜木くんと恵梨花ちゃんが、人目も憚《はばか》らずにイチャつくラブラブのバカップルなのは置いておいて――」

「だ、誰がバカップル――」

否定しようとした亮だが、またもアチコチから反論の声が飛んでくる。

「いや、マジで文字通りのバカップルじゃねえか」

「そうだよ、教室であんなにイチャイチャしといて」

「藤本さんのあんな幸せそうな顔見られるのはこの教室だけだって、噂されてんだぜ？　藤本さん、別のクラスなのに……」

「お前、藤本さんが他の男子と話している時の顔見たことないだろ、全然違うんだぜ？」

「そうそう、笑顔なのは笑顔なんだけど、浮かれ具合が全然違うよね」

「あの、いかにも『私、幸せです』なオーラは当てられるよね」

「マジ、彼氏欲しくなるよね」

「その笑顔をお前は独占しやがって……」

「しかもそれを毎度毎度寝起きで迎えるなんて……」

「けしからんぞ、桜木!!」

「そうだ、反省しろ、桜木！」

「まったく、うらやまけしからんやつだ」

「見せつけられてるこっちの身にもなれ!!」

「反省しろ、て言うかもう謝れ、俺達に」

「そうだ、反省して謝れ、俺達に!!」

何故、寝ていただけの自分が、起こされた上に非難されているのか理解が追い付かず、亮はフリーズした。

「――ということで、桜木くんと恵梨花ちゃんがバカップルとみんなが証言したところで、本題に入るね」

「……なんの用で？」

反論するのを諦めた亮は、脱力して肩を落とした。

「うん、あのさー、桜木くんって、泉座のカリスマキングことレックスのトーマと親友なの？」

「レックスのトーマ……？　ああ、瞬のこと――!?　は、はあ!?」

サラッと聞かれた爆弾そのものな質問に、半分寝ぼけて応答していた亮は一気に目が覚めた。

「うわ、何そんな驚いてんの？　それより、さっきなんて言ったの？」

「な、な、な、何が……？」

不意打ち過ぎて亮は動揺を抑えられない。

「いや、何か思い出したように呟いてたじゃん、なんて言ったの？」

「？　え、えっと……俺、何か言った？」

「うん」

「き、気のせいじゃないか？」

「ブッブー、桜木くんの気のせいは、さっきのことを考えると、非常に怪しいです」

両腕を交差してバッテンを作る高橋に、亮は頬を引き攣らせた。

「それで？　なんて言ったの？　本当にトーマと親友なの？」

「えーっと、ちょ、ちょっと待って……」

「うん」

そして亮は心の中で深呼吸的なものを繰り返して、動揺を引っ込めた。

寝ぼけた中で訪れた突然の爆弾質問だったため、慌てふためいたが、まずは落ち着くことが肝要である。

「……それで、俺がなんだって？」

気を取り直して、亮から問いかける。

「だから、トーマの親友なのかって」

「いやいや、そんな訳ないって。そのトーマって、泉座の人だろ？　俺、あんなおっかないところ行ったことないし」

本当のところを亮がクラスメイトに答える訳がない。

「えー本当に？　怪しいなあ……」

胡散臭そうに、真意を探ろうと腰を屈めて、亮の目を覗き込もうとする高橋。

「いや、本当だって。そのトーマって名前だって、最近知ったばっかりだし」

本人と本名はよく知ってるが、これは嘘ではない。

だからその台詞《セリフ》に乗せられる信憑性は確かなもので、高橋の目から疑惑の光が薄れる。

「うーん……じゃあ、やっぱり同姓同名ってだけなのかな？」

ここで亮が引っ掛かる。

「えっと……？　そいつは、どういう意味だ？」

「ああ、前の土曜に泉座であったストプラってイベントなんだけど――これ知ってる？」

「えーっと、ああ、聞いたことある。確か、喧嘩のイベントだって？」

「うん、そうそう。そこで優勝が決まった後に、優勝した人と同じチームのギャングの人が『サクラギリョウはどこだ！』って叫んだらしくてね」

「へ、へ、へ、へえー……」

亮はもう名も忘れたあの元プロレスラーを、もっと蹴っておけばよかったと思った。

「そしたらだよ！　そのサクラギリョウはトーマの後ろから出てきて、トーマがサクラギリョウは自分の親友だって紹介したらしいんだよ……これって、桜木くんじゃないの？　サクラギリョウって、けっこう珍しい名前だと思うんだけど……」

高橋の話す内容は伝聞形なので、人伝《ひとづて》に聞いたのだろう。

その場に高橋がいなかったことが不幸中の幸いか。

「い、いや、俺じゃない、かな……そもそも、その話、本当にサクラギリョウって言ってたのかな？サクラギでなく、マクラギって言ってたかもしれないし、サクライって可能性もあるんじゃ？」

「うーん、そう言われると確かにねー……文字が映し出されたのを確認した訳でもないみたいだし」

亮は心の中でガッツポーズをとった。

「きっと、いや、間違いなくそうだって」

「うーん、そうだね、とりあえずは桜木くんじゃないかもね」

「そうそう、俺じゃない」

「何せ、その後、体の大きなプロレスラーと戦って無傷で勝ったらしいからね、そのトーマの親友の人って……流石に桜木くんには無理だよね」

亮の体、というか体格に目を走らせながらの高橋の言葉に、亮は引き攣った笑いを浮かべた。

「あ、当たり前じゃないか……はは」

「ははは、だよね!!　いやあ、サクラギリョウなんてフルネーム、なかなかないしさ!!　もしかしたらって思っちゃって！」

「そんな訳ないって！　それにさっきも言ったけど、名前だって聞き間違いかもしれないし！」

「そうだよね、ふふっ！」

「は、ははは……」

そうやって笑い合う二人には、どこか近寄り難い雰囲気があった。

間に入れるのは何も知らない部外者か、空気の読めない者だろう。そこへ、教室の扉がガラッと開かれ、前者が入ってきた。

「おーっす、桜木ー」

「よーっす」

「よよよーっす」

八木《やぎ》達三人である。

彼らは上機嫌な笑みを浮かべて、親しげに近寄ってきた。

（な、何しに来やがったこいつら……）

亮の顔が更に引き攣った。

高橋が困惑の表情を浮かべつつ、怪訝そうに亮と八木達を交互に見ている。

会話に参加せず、ニヤニヤと亮と高橋のやり取りを見ていた小路《しょうじ》明《あきら》もだ。いや、正確に述べると、教室にいるほとんどの者が同じような反応をしていた。

亮にその自覚はないが、八木がこの教室に来て亮に対して険悪な雰囲気を漂わせていたのは、つい最近のことなのだ。

それが一変、このフレンドリーな態度。周囲がこうなるのも無理はない。

「いやー、月曜ってダルいよなー」

「なあ、土曜にオールしたら特にな」

「それだわ、本当」

気安く話しかけてくる彼らの態度は、もう完全に友人のソレだ。

どんな心の変化があって、こうも親しげにしてくるのかサッパリわからず、亮は頭を抱えそうになった。

高橋は三人が近づいてくるのに従って、立ち位置を明の側へズラした。

そうして先ほどまで高橋がいたところに立った八木達は周囲の視線を気にする様子もなく、そのまま亮へ話しかけてきたのである。

「おう、頼まれてたこと終わったぜ」

「いやー、こういうのを骨が折れるっての？」

「本当、それだわ」

「結局、何人いたんだっけ？」

「二十人ぐらい？」

「マジ疲れたし」

「いやー、俺達頑張ったな！」

「ああ、これもあの話のためだ」

「まったく、それだわ」

「と言う訳で桜木！　教えてくれ、シルバーとの――っ」

呆然としていた亮を前に、怒濤《どとう》の勢いで話し続ける三人。

だが、八木が「シルバー」と口にした瞬間に、亮は我に返った。

これ以上しゃべらせては不味いと、手っ取り早く黙らせるために八木の腹へ拳を突き刺した。

「――かはっ」

それも文字通り、目にも留まらぬ速さでだ。もちろん、引き手もだ。

近くにいた明、高橋には、見えても亮が一瞬ブレたかもと思う程度だろう。

結果、八木は綺麗に体を「く」の字に曲げ、呼吸困難のために顔面を蒼白にし、膝から床に崩れ落ちた。

亮がそれをしたと気づけない周りは、怪訝に眉をひそめるだけだ。

「おい、どうした八木、大丈夫か⁉」

八木をそうした張本人の亮が白々しいながらも気づかいの声を出して、席を立って八木に寄り添う。

「――何、腹が痛い⁉　動けないほどか⁉　仕方ない、トイレまで連れてってやる――おい、お前らも手伝えよ」

息が止まって話せない八木をいいことに、亮は自分の都合のいいように、状況を動かす。

声をかけられた西田《にしだ》、黒川《くろかわ》はハッとした後に、亮が何かをしたのだと察したようで、八木に負けないほど顔色を悪くし、震える声で応じた。

「お、お、おう、そうだな——いや、これは保健室じゃないか、なあ、黒川」

「そ、それだわ、マジ」

保健室行きを提案する二人に、亮は首を横に振る。

「いや、トイレでいいだろ、さあ、行くぞ」

「お、おう……」

西田と黒川は八木の腕を自らの肩に回して立たせると、先導する亮の後に続いて教室から出ていった。

八木達が教室に入ってきてからおよそ一分ほどのことで、周囲は訳がわからずポカンとするのみだ。

やがて高橋が目の前にいる、クラスで亮と一番仲のよい明へ声をかけた。

「八木くんってさ、こないだここに来た時、すぐにも喧嘩しそうなほど、桜木くんに突っかかってたよね」

「あーうん、そうだね」

そう答える他ない明。

「なのに、今日は友達みたいに接してきてたね」

「……そうだね」

「八木くん達って、泉座によく行ってたよね？　噂で聞いたけど、なんかチームに入ってるとか」

「そうなんだ？」

「うん。それで、桜木くんの名前が出た疑惑のあるストプラがあった週末が明けてから、桜木くんに対して、ああも態度変えちゃうなんてねー」

明は苦笑を零した。

状況証拠が揃い過ぎている。

「まあ、いいや。桜木くん、なんか隠したがってるし、黙って見てる方が面白そうだから、そうしてよーっと――にしても、桜木くんってすごいんだね？　流石は恵梨花ちゃんの彼氏ってとこだね？　いやー、楽しみが増えたよ」

茶目っ気たっぷりの笑みでそれだけ告げると、高橋は自分の席へと戻っていった。

彼女の後ろ姿を眺めながら、明はため息を吐いた。

「ボロ出過ぎてるぞ、亮……」

この後、亮が八木達三人に対して、厳重に説教をしたのは言うまでもない。

◇◆◇◆◇◆◇

「――なんで、私がまた藤本に絡むようになったか、だっけ？」

放課後、三人娘は乃恵美が指定したコーヒーショップに真っ直ぐ向かった。

亮にも当然話しているが、最初は亮抜きで話を聞いた方がいいだろうと梓が判断したため、亮には遅れて来てもらうこととなった。

亮も用事があったので、その方が都合がよかったらしい。

乃恵美が罠を仕掛けてくるだろうかという疑念に関しては、亮が「ない」と言ったことと、三人娘もそう思ったため、特に警戒せずに向かったのである。

行ってみると、乃恵美は一人でアイスコーヒー片手に待っていた。

三人娘も各自、飲み物を買う。

そして、四人席に恵梨花と乃恵美が向かい合い、恵梨花の隣に咲、乃恵美の隣に梓という、以前では考えられなかったような席順で話は始まったのである。

「ええ――ですが、私はともかく、恵梨花も咲もそもそも岩崎さんが何故、恵梨花に絡むようになったのか知らないので、そこから話していただいても構いませんか？」

梓がそう返すと、乃恵美は嫌そうに眉を曲げたが、一息吐いて仕方なさそうに口を開いた。

「聞いてもつまらない話よ……あんた達、私の過去――シルバーとのことは知ってるんでしょ？」

「えーっと……はい」

気まずいながら、恵梨花は頷いた。

「やっぱりね――あんたが話したのね？」

乃恵美は梓に胡乱《うろん》な目を向ける。

（……あ）

恵梨花と咲が知ってるのは盗み聞きをしていたからで、梓が話したからではない。

盗み聞きされたことなど知らない乃恵美が、梓が話したと思うのは自然な流れである。

「えっと……」

流石に盗み聞きをしたからとは言い辛く、梓にしては珍しく言い淀んだ。

梓の様子に、恵梨花は申し訳なさそうに眉をひそめる。

「いいえ、梓からじゃありません」

「……え？」

恵梨花が答えると、意外そうに乃恵美は目を瞠った。

「じゃあ、誰から……！　嘘、あの彼氏から聞いた訳？」

どこかショックを受けたような顔をする乃恵美。

（……亮くんが話すなんて、とても考えてなかったって顔ね）

梓も意外に思った。

軽々しく話していい内容でないのは確かだが、恵梨花は亮の彼女なのだ。聞いていてもおかしくはない。

なのに、乃恵美は亮から聞いたと思ってショックを受けている様子。

(亮くんが話すことはないと、どうしてそこまで思ったのか、気になるわね……)

内心の考えはおくびにも出さず、梓は恵梨花、咲と一緒に否定した。

「違います、亮くんからでもないです……その——」

恵梨花は心底申し訳なさそうに、乃恵美を上目がちに見てから、頭を下げた。

「すみません！　……実は、盗み聞きしてたんです！」

「……は？」

怪訝に眉をひそめた乃恵美は、すぐにハッとなった。

「もしかして、私と彼のあの時の会話聞いてたの!?」

「そうです、ごめんなさい！」

梓、咲も一緒に頭を下げる。三人揃ってしばらくそうしていても、一向に反応がない。

チラッと目を上げてみると、乃恵美は顔を赤くして口をパクパクとしていた。

(……あら)

梓は若干頭を上げて目を合わせながら、もう一度謝罪の言葉を口にする。

「すみません、最初っから最後まで見ていました」

すると乃恵美は梓の視線に気づいて、更に顔を赤くした。

「あ、あんた達……！」

恐る恐る顔を上げた恵梨花は、不思議そうに小首を傾げつつ話す。

「だから、亮くんから聞いた訳じゃないんです……亮くんは私達の盗み聞きに気づいてたみたいですけど、だからって私達に聞かせようなんて考えはありませんでした。待ってろと言われたのを私達が勝手に後をつけて……」

「それを先導したのは私ですから、責めるなら私にしてください」

梓が最後に付け足すと、乃恵美はキッと梓を睨み、続いて咲、恵梨花にも同じ目を向けた。

「……彼から話を聞いた訳でも、盗み聞きを指示された訳でもない、のね？」

苦虫をダース単位でまとめて噛み潰したような顔で、絞り出すように聞く乃恵美に恵梨花が頷く。

「はい」

すると乃恵美はどこかホッとしたような顔をしながら、複雑そうに眉を曲げた。

「……はあ、わかったわ。今更文句言っても仕方ないしね。許してあげるけど、あの時の私と彼の話、誰にも話すんじゃないわよ」

「それはもちろん」

恵梨花が答えるのに合わせて、梓と咲は頷いて了承を示した。

そして乃恵美は気を取り直すように、咳払いを一つして話し始めた。

「まあ、そんな複雑な話じゃないわ。知っての通り、私はシルバーに襲われた経験があるわ。時間はかかったけど、学校に通える程度には立ち直った訳だけど……もちろん、以前と同じようにって訳にはいかなかった。その時のことを極力思い出さないよう、虚勢を張ってなんでも斜に構えて見ながら、無理矢理強がってた、ってとこかしら。まあ、簡単に言うと、前後で性格が変わったと思えばいいわ」

「……はい」

「そうしてなんとか学校に通っている内に、あんたが入学してきた」

恵梨花にアゴをしゃくる乃恵美。

「そのルックスだから嫌でも注目を浴びたわね、だからどこにいてもすぐにわかった。そして見かける度にチヤホヤされていて、悩みもなさそうで……だから見ていて腹が立った、それだけよ」

「………？　……え、ええ⁉」

余りに余りな理由で恵梨花は理解するのに時間がかかったようで、わかってから素《す》っ頓狂《とんきょう》な声を上げた。

そうなるのも無理はない、乃恵美は明らかに話を省《はぶ》いている。

「今思っても本当にくだらないわね……言ったでしょ。つまらない話、ってね」

「……そ、そんなに私は悩みがなさそうに見えますか？」

「まあ、そうね。これも今思えば、そんな訳ないのにね」

「は、はあ……」

呆然とする恵梨花に梓は苦笑しつつ、乃恵美に言った。

「岩崎さん、それは本当のことなんでしょうけど、ちょっと話をハショリ過ぎではないでしょうか？」

「……概《おおむ》ね話してると思うけど？」

「そうですね……でも、性格が変わった話と、余り繋がってるようには思えませんけど？」

梓のその言葉に、乃恵美は舌打ちをすることで肯定を表した。

「……どういうこと？」

恵梨花が眉を曲げて、梓に問う。

「……岩崎さん言ったでしょ、性格が変わったって。……これはあたしの憶測だけど……岩崎さんの以前の性格って、恵梨花に似ていたんじゃないかしら。性格でなくても、明るさや雰囲気とか？」

恵梨花が信じられないような目を乃恵美に向けると、乃恵美は苛立《いらだ》ちを表すようにまた舌打ちをして、顔を背《そむ》けた。

この反応は、梓の言っていることが的外れでないことの証左《しょうさ》に他ならないだろう。

「……だから恵梨花を見ていて思ったんでしょう。シルバーとのことがなければ、自分も恵梨花みたいに幸せそうにいられたかも、と……だから、恵梨花を見ていると、なくした――手に入れるはずだった未来を見ているようで、それが我慢できなかった……違いますか？」

乃恵美に目を向けると、不快そうに顔をしかめた。

「あんた、そう察しが良過ぎると、いつか刺されるんじゃない？」

「気をつけますよ」

梓がニッコリと返すと、乃恵美は苦い顔で再び舌打ちした。

「――と、いうことよ、恵梨花」

「そ……そう、だった……んですか」

どう反応をすればいいのかと、困惑しているのが手に取るようにわかる恵梨花の様子に、梓はクスリと笑む。

「では、今日の本題といきましょう。そうして私達とは接触しない約束をしたのに、岩崎さん、あなたは以前より強い執着を持ったかのように、恵梨花に絡んだ……何故です？」

我ながらひどい質問をしているという自覚が梓にはある。

亮のおかげで乃恵美が絡んでくることはもうないだろう。なのに、わざわざ蒸し返すような真似をしているのだから。

でも、これは聞いておいた方が、恵梨花もスッキリ出来るしわだかまりも減るだろう。

もちろん、梓が聞きたいからというのもある。

「……これもつまらない話よ。藤本、あんたのお姉さん、毎日のように泉座の駅に立ってるわね」

「は、はい」

「そして、あんたのお姉さんが誰を捜してるのか、話してみてわかったと言ったでしょ」

「はい……」

（……ああ、そういうこと）

　ここまで来てわかった梓は、何故今まで気づかなかったのかと自らの鈍《にぶ》さを恥じた。

「ゴールドクラッシャーを捜してることを知った。そして、あんたのお姉さんは、恐らく最悪の事態になる前に助けられたこともわかった。でも――私は……助けてもらえなかった」

「――っ」

　恵梨花もここまで聞いて気づいたようだ。

「それが仕方ないことはわかってる……けど、不公平を感じずにはいられなかった。あんたは、あんた達だけが、どうして――そう思うと、あんたのお姉さんへの苛立ちも含めてあんたに向かってしまった……そういうことよ」

　雪奈への憎しみがそのまま彼女に向かわなかったのは、雪奈も確かに自分と同じシルバーの被害者だから、なのだろう。

「……」

　同情する余地は十分にあるが、やはり理不尽極まりない話なのは間違いない。言ってしまえば、恵梨花は八つ当たりを受けただけなのだから。

　それでも恵梨花は、乃恵美への同情が勝ってしまうのだろう。呆然としている。返す言葉が出てこないのはそのためだろう。

「……はあ。別に、何か慰めの言葉をもらおうなんて、思ってないから。あんたに言われても腹立つだけだからね、言ったりしたら引っ叩くわよ」

「……はい」

「……思わぬ形でだけど、私もゴールドクラッシャーに会えた。そして、やっと一区切りつけられたのよ。あんた達に謝ったのも、聞かれたことに素直に答えてるのもその延長なのよ……だから、このことに関して、もう誰からの言葉も聞きたくないわ」

「……はい」

「……もう一度だけ、言っておくわ。今まで悪かったわね」

「――はい」

恵梨花がしっかりと乃恵美の目を見つめ返して頷くと、乃恵美は微かに笑んだ。

その瞬間、恵梨花と乃恵美の確執は終わったと、梓は確信出来た。

(……やれやれ、だわ)

やはり聞いておいてよかったと思えて、一安心である。

もう乃恵美を警戒する必要は完全になくなったと言えるだろう。

「――まあ、だからといって仲良しこよしにはなれそうにないわね。今はまた別の理由で、あんたにムカついてるから」

かと思えば、乃恵美が肩を竦めてそんなことを言ってきた。

「え？　ど、どうしてですか？」

恵梨花が不意を食らったように目を丸くした。梓も同じような心境である。

いや、確かに、乃恵美と仲良しになろうと思っていた訳ではないが。

面食らった三人娘を前に、乃恵美は頬杖をついて眉を寄せた。

「わかんない？」

「えっと……わ、わかんない、です」

すると、乃恵美は深く大きいため息を吐いてジト目を向けてきた。

「私もゴールドクラッシャーを捜していた一人なんだけど……なんで、それがよりにもよってあんたの彼氏なのよ」

「そ、それについては……私に言われても……」

実際のところ、『それ』だけでなく『どれ』もなのだが。

恵梨花の顔に引き攣った笑みが浮かぶ。

「わ、私だって、亮くんがゴールドクラッシャーだって知ったの、岩崎さんと同じ一昨日なんですよ……」

「……信じたくなかったけど、やっぱりそうだったの……噂してる人も信じられないでしょうね。当人がそれだと知らなかったなんて……見つからないはずだわ……なんなの、あんたの彼氏」

乃恵美が頭痛を堪えるように、頭を抱えている。

「えっと……頼りになるけど、変なところで抜けてる人……かな？」

「訂正しなさい、抜け過ぎてると」

「……」

恵梨花は反論を試みたのか口を開けたが、パクパクするだけで何も出てこなかった。

返す言葉が見つからなかったのだろう。

「はあ……ったく、もう話すことはないわね？　それじゃあ――」

と、乃恵美が席を立とうとした時だ。

「悪い、遅くなった」

「亮くん」

亮がトレーにアイスコーヒーを載せて、四人の席までやってきた。

腰が僅かに浮いて止まっている乃恵美と亮の目が合う。

「よう。あんたはもう帰んのか？」

特に含んだ様子もなくそう問われた乃恵美は、澄ました顔で座り直した。

「――いいえ？」

三人娘の口があんぐりと開いた。

亮が来たからあからさまに座り直した乃恵美に三人娘が驚く前で、亮は四人が座っているテーブルから、恵梨花側の隣にある二人席へ視線をスライドさせた。

梓達がいるテーブルにはもう席が空いていないから、そこに座ろうと考えているのだとすぐに察した梓は立ち上がる。

「ちょっと待ちなさい、あたしと咲が隣に移るわ」

言うと同時にトレーを持って咲も立ち上がって、亮が見ていた二人席へ一緒に腰を下ろした。

遠慮する隙も与えず二人がスムーズに動いたためだろう、亮は苦笑を浮かべて、咲が空けた恵梨花の隣の椅子に座った。

「それで――話は終わったのか？」

アイスコーヒーの入ったコップから伸びるストローに口をつけながら、亮は恵梨花と乃恵美に目を向けた。

「あ、うん、終わった……かな？」

「ええ、終わったわ」

疑問形で答えた恵梨花に対し、乃恵美はキッパリと肯定を示す。

戸惑いを浮かべる恵梨花と、不敵に笑む乃恵美を見比べて、亮は再び苦笑を顔に張り付ける。

「なんだ、恵梨花は納得してねえのか？」

「え……ううん、もういいよ。岩崎さん、謝ってくれたし」

「……？　何か気にかかってんのか？」

「えっと、それは……ううん、違うかな。また、別の話だと思うし」

「ふうん？　……まあ、とにかくケンカは終わったと思っていいんだよな？」

亮が確認するように聞いてくると、恵梨花は目をパチクリとさせた。

「……ケンカ？」

示された言葉に激しく違和感を抱いている様子だ。

梓も同じ心境である。

確執、因縁、色々と付け足したくなるが、恵梨花と乃恵美がしていたことを一言で簡潔に示すと、あまり認めたくないが、確かに『ケンカ』である。

咲も、そして乃恵美も同じように考えているように見えるが、そんな彼女達の心情などお構いなしに亮はあっけらかんと言った。

「ああ、違うのか？　恵梨花と……この先輩とのケンカじゃなかったのか？」

『この先輩』とアゴで示された乃恵美は不機嫌そうに眉をひそめたが、口は挟まなかった。

「あー……えー……う、ううん……ケンカ……？　なのかな？　えっと……うん、言い方はどうあれ、それは確かに終わった、かな」

納得いかないながらに恵梨花が肯定を示すと、亮はかかっと笑った。

「とにかく丸く収まったんだろ？　なら、よかったじゃねえか。俺も人のケンカに口出しせずに済んだしな」

亮の最後の一言に、梓は引っかかるものを感じた。

「ねえ、それってどういう意味……？」

「？　何がだ？」

「人のケンカに口出しせずに済んだ、って言ったでしょ」

「ああ」

「それって、恵梨花がもしまた岩崎さんと争った場合にも、口出ししたくないってこと？」

「したくねえと言うよりも、する方がおかしいだろ？　恵梨花のケンカであって俺のケンカじゃねえんだから」

今聞いたことと、以前の――同級生の三人を六人の不良から助けてもらった時の――亮の話と併せて、梓はなんとなく彼のケンカに対する考え方がわかってきた。

だから同級生がリンチされていても、それもある意味ケンカではあるから、そして自分とは関係ないケンカだから、動かないし助けようとしなかった。

女の子の場合に助けると言ったのは、腕力が絶対的に不利だからというのと、恐らく亮の甘さ故だろう。

それを踏まえて、梓はこんなことを聞いてみた。

「恵梨花は君の彼女でしょ……？」

すると亮は苦笑気味に答えた。

「ああ、そりゃそうだがな。だからと言って、恵梨花がケンカする度に俺が介入《かいにゅう》するのは違うんじゃねえか？　それに恵梨花は、常に俺の助けがいるって女じゃねえだろ？」

するとと恵梨花はハッとして、亮を見つめながら強く頷いた。

そう、恵梨花は決して守られるだけの女の子じゃない。それは梓も知っている。

と言っても、亮は自分の領分——暴力の気配があると勘付けば、恵梨花が頼ろうとしなくても必ず動くだろう。

これに関しては論ずるまでもない。

「……だから、なのね」

黙って聞いていた乃恵美が、わかったように呟いた。

三人娘と亮の視線を受けながら、乃恵美は口を動かす。

「だから、あの部屋にいた時……私とこの子が言い争いをしていた時、動こうとも口を出そうともしなかったのね、あなたは」

乃恵美もこの短い時間の中で、なんとなく亮の考え方がわかってきたようだ。

「ああ。あの場は、あんたと恵梨花のケンカの場だっただろ？　頼まれもしないのに、俺が横から入ったって仕方ねえ。実際、恵梨花は俺の助けなんかなしにあんたに立ち向かってたしな」

その時の亮が嬉しそうにしていたのを、梓は覚えている。思い出したのだろう、くっくと低く笑って話す亮に、恵梨花は複雑そうに眉を寄せた。

「……亮くんの助けがなかった訳じゃないよ。亮くんが後ろにいてくれたから、私は立ってられたんだよ？　でないと、あんな怖い人達に囲まれた中じゃ、何も出来なかったよ」

「……そうか？　でも、恵梨花のケンカに直接関わりのない連中の相手を俺がするのは、当たり前の話だろ。事前にそう決めてたじゃねえか」

　確かに亮の言う通りではある。

　亮は三人娘のボディーガードとして、ついてきていたのだから。

　と言っても、三人娘が想定していたのは、ナンパで絡んでくる男達を追っ払ってもらうといったところで、間違っても三十を超すギャング達の相手をしてもらおうなんて考えはなかった。

「そうは言っても亮くん――」

　困ったように恵梨花が笑むと、亮の言葉を聞いて考え込んでいた様子の乃恵美が口を開いた。

「あなたにとって……あくまでこの子の相手は私で、自分はその他を、ってことなのね？」

「ああ。恵梨花のケンカ相手が誰か――仮に男なら俺が介入するのは筋違いじゃねえだろ。だからあんたも、もしまた恵梨花とケンカしたとしても、関係ないやつ連れてくるような真似はすんなよ？　俺が相手することになるんだからな」

　亮は威圧するような雰囲気など出さず、あくまでもやんわりと乃恵美にそう告げたのである。

　乃恵美はマジマジと亮を見つめてから、ゆっくりと首を縦に振った。

「……もう、そんなつもりはないけど……ええ、わかったわ」

「ああ」

亮が相槌を打つと、乃恵美はテーブルの上で若干、身を乗り出して尋ねた。

「ねえ、一つ聞いていい？」

「なんだ？」

「私にそう言うってことは……この子を守るため？　それとも――」

乃恵美はそこで僅かに逡巡《しゅんじゅん》してから言ったのである。

「私と敵対したくないってこと……？」

梓はそろりと亮へ目をやった。

この質問は、二人で対面した時に亮が乃恵美へ告げた言葉が、どれだけ本気だったのかの確認も含まれていると梓は察した。

若干の緊張を浮かべている乃恵美へ、亮は特に気負う様子もなく当たり前のように言ったのである。

「そりゃ、両方に決まってんだろ」

息を呑む乃恵美に亮は続ける。

「守らなけりゃいけない場面で俺が恵梨花を守るのは、当たり前の話じゃねえか。それに言っただろ、もう忘れたのか？　俺はあんたに会えて嬉しかった、ってな」

ゆっくりと目を見開く乃恵美。

「お、覚えてるわよ……」

「そりゃよかった。けど、これは俺の個人的な感情だからな、あんたが気を使ったりする必要はねえよな。でも、俺としては憎からず思ってんだ。敵対するのを避けられるなら、それに越したことはねえと考えるのは、不自然だと思うかい？」

そう言って悪戯っぽく笑う亮に、乃恵美は目を瞠ってから脱力するように息を吐いた。

「……いいえ、もっともな話だわ」

「――だろ？」

「ええ……それにしても、やっぱり変わってるわね、あんた」

乃恵美が苦笑交じりに告げると、亮は気分を害したように眉を曲げた。

「失礼な、俺のどこが変わって……いや、この場合は否定せずに肯定するんだったっけか？」

思い出したように問い返す亮。

以前の乃恵美の話が脳裏を過《よぎ》ったのだろう。

「え、ええ、そうよ……普通の人の方が自分を変わってるって言うわね」

乃恵美は震える声で答えた。噴き出しそうになるのを堪えているように見える。

「だよな？　じゃあ、俺は変わってる……いや、やっぱり、なんかおかしくねえか？」

真面目に考え込むようにそう呟く亮。

そこが女の子達の限界であった。

三人娘だけでなく乃恵美も含め一斉に噴き出して、大きな笑い声を上げたのである。

自分以外の四人が突然笑い始めたことで、しばし呆気にとられた亮だが、何事もなかったように
アイスコーヒーへ手を伸ばした。

「もう、ヤダ！　どうして、亮くんったら、時々そうなの!?」

苦しそうに笑いながら、ペシペシと愛情を込めて亮を叩く恵梨花。

「ほ、本当よ、なんなのよ、君は！」

周囲に迷惑をかけないようにと、笑い声を抑えようとするも上手くいかずに抗議する梓。

苦しそうに顔を俯かせる咲に、心から愉快そうに笑う乃恵美。

先ほどまでのシリアス感が完全にゼロだ。

「いや、そっちこそなんなんだ、急に笑って……」

ストローを口にくわえながら四人の女の子へ順に視線を流す亮の腕に、恵梨花が抱きついた。

「いいのー、亮くんはわからなくって！　ふふっ」

「あ、ああ……？」

そうやって顔を赤くしながら亮は誤魔化された。

その時、一瞬だけ乃恵美がムッとした目を恵梨花に向けたのを、梓は見逃さなかった。

（あらら、やっぱり、これは……）

もしかしてとは思っていたが、やはり、そうらしい。

（まあ、無理もないかしらね……？　岩崎さんと一対一で話してた時の亮くんは、確かに格好よかったしねえ……でも）

梓は並んで座る亮と恵梨花を見た。

この二人が互いに夢中なのは、誰の目から見ても明白。

乃恵美が入る隙は到底なさそうである。

普通なら諦めるのだろうが、あの乃恵美だ。

言ってはなんだが、彼女を普通と評するのは無理があるだろう。

（さて、一体どうするつもりかしらね……）

乃恵美がどう動こうと、亮と恵梨花の関係が崩れることはまずないだろう。

そんな確信めいた予感と、現時点で恵梨花が大差でリードしていることから、梓は野次馬根性丸出しで傍観《ぼうかん》に徹することにした。

もちろん、親友にライバルが出来たということで心配する気持ちもある。が、付き合う前ならともかく、亮と恵梨花は既にカップルなのだ。

これから先に乃恵美の他にライバルが現れないとも限らない、いや、その可能性は高いのだから、恵梨花には助力なしで頑張ってもらいたい。

そんな親心的な心情で、梓はそう決めたのである。

発作的な笑いも治まって場の空気が和み始めた頃、乃恵美が亮へ声をかけた。

「ねえ、ところで……桜木くん？」

「……なんだ？」

亮が反応するのに僅かに間があったのは、例によって恵梨花と二人の世界に入っていたためだ。

相変わらずのバカップルぶりである。

取り繕《つくろ》う亮を気にした風もなく、乃恵美はニッコリと微笑んだ。

「ちょっとさっきから気になってたんだけどね……君、私の名前って知ってる？」

「……あー……名前かー……」

亮は気まずそうに乃恵美から視線を逸らした。

乃恵美の目がスーッと細まる。

「……会えて嬉しいって言ってた人の名前って普通、覚えてるものじゃないの？」

実にもっともな話である。

亮は誤魔化すように笑みを浮かべ、頭を掻いた。

「い、いや、ほら、俺って普通じゃなく変わってるし——」

「今そういう話してるんじゃないの」

「……そうですね」

亮は乃恵美から得た教訓で冗談っぽく返すも、極寒を感じさせる声であっけなく撃沈された。

乃恵美は仕方なさそうに、ため息を吐いた。

「……でも、自己紹介は確かにしてなかったしね。岩崎乃恵美よ。これで覚えてよね？　さっきから、『あんた』とか『この先輩』とかしか呼ばれなかったから気になってたけど、まさか本当に知らなかったなんて……」

どこかで聞いたようなことを言いながら、信じられないと頭を振る乃恵美。

そうなるのも仕方ない。

あれだけ緊迫した空気の中で、向かい合っていた相手の名前を覚えていないのだから。

三人娘からしたら『まあ、そうでしょうね』といったお決まりのことではあるが。

「……この男は、携帯に登録しないとなかなか、人の名前を覚えないそうよ」

これを言っておかないと、また同じことが繰り返されるだろうと予測した梓が仕方なしに告げると、乃恵美はピクッと片眉を上げた。

これは乃恵美への援護じみたものであるが、梓が言わなくとも恐らく亮から聞くことになったであろうことだ。

恵梨花がハッとして口をアワアワと動かすのを横目に、乃恵美は勝気に微笑んだ。

「そういうことなら、交換しておきましょうか？」

そうしてスマホを差し出された亮は、仕方ないと言いたげなため息を吐きながらポケットからスマホを取り出した。

そうして二人の携帯の情報が交換される。

「岩崎乃恵美……な」

液晶を眺めながら頭に染み込ませるように呟く亮。

「これで忘れないんでしょ？」

「……多分」

「多分……？」

再び目を細めて睨む乃恵美に、亮は焦ったように返す。

「はは、いや、もうそう簡単には忘れねえよ――岩崎さん？」

そう初めて苗字で呼ばれた乃恵美は、気味の悪いものを聞いたような顔になった。

「なんか、あなたに今更さん付けで呼ばれるとすごい違和感……」

然もありなん。何せ、亮は最初に会った時のほんのちょっとを除けば、乃恵美に対してはずっとタメ口を叩いている。

「なんだそりゃ……なら、岩崎先輩か？」

亮が言い換えると、乃恵美は背筋をブルリと震わせた。

「やめてやめて……乃恵美でいいわよ」

「乃恵美……さん？」

「だから、さんはやめてって――呼び捨てでいいわよ」

「……あんた、先輩なんだよな？」

「そうよ、あなたがずっとタメ口で話してる私は、同じ学校の先輩よ」

「……」

これには苦笑で返すしかない亮であった。

「別に呼び捨てぐらい気にしないわよ――それに私は亮って呼ばせてもらうから、いいでしょ別に？」

最後にポツリと出たその言葉に一番反応したのは、恵梨花だった。

「ええ!?　そ、そんな――!?」

ガタンと椅子から立ち上がり、口をパクパクとさせる。

「何よ、文句でもあんの？」

乃恵美が挑戦的な笑みを浮かべて、恵梨花を見上げる。

「確かにこの人はあんたの彼氏なんでしょうけど、だからって付き合う女友達のことにまでアレコレ言って束縛するつもり？」

いつの間にか亮の女友達となった乃恵美。

「そ、そんなつもりは……」

「なら黙ってなさいよ」

「……～！」

恵梨花は言い返す言葉が思いつかなかったのか、悔しそうな顔で勢いよく腰を落として座り直した。

その間、居心地悪そうにしていた亮が、爆発物を扱うように、恐る恐る恵梨花へ言う。

「……その、前にも言ったが、恵梨花も俺のこと呼び捨てにして構わねえんだからな？」

「……うん。でも、私は『亮くん』って呼びたいから」

恵梨花は亮へ振り向かず、乃恵美へムスッとした目を向けながら淡々と答えた。

「そ、そうか……」

泉座では欠片《かけら》も怯まなかった男が、冷や汗を流して自分の彼女の機嫌を窺っている。

梓は噴き出しそうになるのを俯いて堪えるのに必死になった。

（……第一ラウンドは岩崎さん優勢ってところかしら？）


「ああ、そうだ。次はいつ泉座に来るの、亮？」

恵梨花の睨みなどお構いなしに、乃恵美が早速の名前呼びで亮へ問いかける。

「うん？　さあ……いつだろうな。毎週毎週、あそこへ行ってる訳でもねえし」

「ふうん……そうなの」

つまらなそうな乃恵美に亮が首を傾げる。

「なんでそんなこと聞くんだ？」

「なんでって……これも忘れたの？　今度遊んだげるって言ったでしょ」

呆れ気味に返す乃恵美。

（……ああ、そういえば）

それを聞いて梓は思い出した。

この間、亮と乃恵美が二人で話した時の別れ際、確かに彼女はそう言って場を後にしていた。

「ああ、そういや言ってたな……次、泉座に行く日かあ」

これに関してはすんなり思い出したらしい亮は、困ったように頭を掻く。

「……やっぱりそうかなって思ってたけど、亮ってそんなに泉座に来ない人？」

「そうだな。あそこへは基本、瞬に呼ばれた時ぐらいしか行ってねえ」

「瞬……レックスのトップ、トーマね……彼から面前で親友呼びされるなんてすごいわね……」

「……そう……か……？」

非常に怪訝な様子で眉をひそめる亮に、乃恵美は呆れたように返す。

「そうよ、何言ってんの？　あの街ではもう誰もが認めるトップ――カリスマ――まさにあの街のキングなのよ⁉」

「ふ、ふうん……？」

乃恵美の迫力に気圧《けお》されながら、なおも怪訝そうに首を傾げる亮。

「そんなキングが大勢の前で、それもあんな親しげにハッキリと！　親友だなんて紹介した人、今まで聞いたことないわよ⁉　これがどれほどあの場にいた人達にとって驚きだったかわからないの!?」

「そ、そうか……」

興奮相まって、どんどんと前のめりになってくる乃恵美に、いささか腰を引きながら、亮はそれだけ返した。

（……なるほど、あの街の人からしたら、それほどのことだったのね）

梓達はまず『亮の友人』として紹介された。

そして、もしかしたら……という推測を持ったうえで瞬がレックスのヘッドだと知ったため、瞬がどれほどの大物かといった点については、気にしていなかった。

なので、こうやって街の人間である乃恵美の話を聞いて、亮の友人の規格外ぶりを改めて知ることができたのである。

「そうよ！　そりゃ、亮自身もゴールドクラッシャーなんて非常識な存在だったからわかりにくいのかもしれないけど――とにかく、それほどのことだったのよ！」

実にもっともな話である。

亮がゴールドクラッシャーだったという話はその日一番の驚きであった。だから、瞬の大物ぶりが目立っていなかったのだ。

「んー……そうなのかもしれねえが、俺からしたら中学の時からの連れってだけだしな……」

乃恵美の片眉がピクリと吊り上がる。

「なるほど、中学の同級生だからこその親密ぶりだった訳ね……一体なんなの亮の中学って。ゴールドクラッシャーに泉座のカリスマキング、この二人が同級生だったなんて」

（プラス読者モデルが二人います……）

ほとほと呆れたように述べた乃恵美の言葉に、梓はアイスコーヒーを口に含みながら心の中で付け加えた。

（おまけにその四人は同じグループで親しくしていた……という）

更にとんでもない話である。いや、ある意味、納得しやすい話なのかもしれない。

「んなこと言われてもな……俺も瞬も最初っからそうだった訳でもねえし」

肩を竦める亮に対し、少し考えてから乃恵美は「確かにそうなんだろうけど……」とため息を吐く。

亮がシルバーを潰したのは中学三年の半ばを過ぎたあたりで、聞いた話によると、瞬が泉座で活動を始めたのは中学を卒業してからのことだ。

つまり、中学の時の二人はゴールドクラッシャーでも、泉座のカリスマキングでもないのだ。

（だからと言って、この二人が中学校の中で何者でもなかったなんてこと……ないでしょうね）

そんなことを考えていると、瞬から聞きそびれた一つの話が非常に気になり始めた。

次に瞬に会った時に聞けるだろうか。しかし瞬に会う機会がそうそうなさそうなので、悩ましいことだ。

「でもさ、亮とトーマが中学の時に連れ立ってたんなら、他につるんでた子なんかも、すごいのがいそうね」

乃恵美の鋭い指摘に、亮は軽く肩を竦めた。

「さあ、どうだろうな……」

そう言ってお茶を濁す亮を見て、この辺に関してあまり話す気はなさそうと感じ取ったのだろう乃恵美は話を戻した。

「まあ、トーマに誘われない限り、そう泉座に来ないことはわかったわ。でも、それって用事があったら来るってことよね？　なら、私が面白いとこ連れてってあげるからさ、次の週末あたり泉座に来ない？」

そんな堂々とした乃恵美の誘いに素早く反応したのは恵梨花だった。

「ダメです。次の週末は亮くん用事あるもんね、ね？」

そう言って亮へニッコリ微笑む恵梨花には、どこか有無を言わさぬ迫力があり、それに押されるままに亮は頷いた。

「そ、そうだな。次の週末は用事があったな」

ほんの一瞬、乃恵美は亮から視線を外して恵梨花を睨み、そして恵梨花はキッと睨み返した。

梓は二人の間にバチバチと火花が散るのを幻視した。

（……頑張って、恵梨花）

梓は咲と一緒に傍観に徹する。

「ふうん、でも次の週末が無理としても来週、再来週の週末でも私は全然構わないわよ？　それに――」

「そう言えば、前に泉座でデートした時に食べたオムライス美味《おい》しかったね、亮くん？」

「あ、ああ、美味かったな……」

乃恵美の言葉を途中で遮《さえぎ》るように言葉を被せながら、さり気なく亮の腕を引き寄せ絡ませて、距離を詰める恵梨花。

露骨に親密ぶりを見せつけて反撃に入ったようだ。

ちなみに亮は突然密着してきた恵梨花に少し狼狽《うろた》えている。乃恵美は一瞬ムッとするも、すぐに表情を戻して口を開いた。

「オムライスって……もしかして、洋食屋『キタムラ』のオムライス？　二人で行ったの？」

「そ、そうですけど……？」

店名を当てられたことに驚きを隠せない恵梨花と、意外そうに問い返す亮。

「あんたも行ったことあんのか？」

「そりゃそうよ。泉座の美味しいお店なら大体知ってるわよ？」

得意げに返す乃恵美に、亮は感心した顔つきとなる。

恵梨花は亮と乃恵美を見比べて、焦ったように口をアワアワとさせている。

「でも、オムライスねえ……もしかしてオムライスしか食べなかったの？」

「うん？　ああ、そうだな。セットだからスープやらサラダもついてたけど」

「それだと、オムライスしか食べなかったってことね。二人共オムライスだったのかしら？」

「ああ、俺がトマトソース、恵梨花がデミグラスソースだったよな？」

「う、うん……亮くん、そういうところはよく覚えてるんだね」

「そりゃあ、美味いものは覚えてるに決まってるだろ」

物忘れのひどいイメージのある亮だが、食べたものはよく覚えているらしい。

「うーん、亮くんらしい……」

「……そうか？」

「うん、そうだよ」

「そうか」

力が抜けたように苦笑する恵梨花と笑い合う亮。

（あら、一瞬にしていつもの二人の空気に……）

流石はいつも無意識にイチャついているだけある。

乃恵美に張り合うようにして親密さを見せつけるより、天然でいる方がよほど乃恵美への反撃になっている。

それが証拠に、乃恵美がイラッとしたように片眉を吊り上げた。が、すぐに澄ました顔となって言った。

「とにかく二人共、オムライスって訳か。もったいないことしたわね……」

「……なんでだ？　美味かったぜ、オムライス」

「そうですよ。どういう意味ですか、それは？」

純粋に不思議そうな亮に対し、恵梨花は少しムッとしている。

そんな二人の様子から何か感じ取ったのか、乃恵美は恵梨花にからかうような目を向ける。

「ふうん？　もしかして、あの店に入ろうって言ったの藤本、あんた？」

「そ、そうですけど……」

「はあ……リサーチ不足ね。あの店の一番の売りはハヤシライスなのよ？」

「へえ？」

「……え!?　オムライスじゃないんですか!?」

「ええ。オムライスも確かに美味しいけどね、あの店の店主の一番の自信作はハヤシライスなのよ。本人がそう言ってたし、両方を食べ比べた私も同意見。なのに、二人してオムライス頼むなんて……」

「それは……オムライスがおすすめだって見たから……」

「ああ、雑誌で取り上げられた時に、そっちの方が目立つように書かれてたわね。オムライスの方が見栄えいいし。あんたもそれ見たクチ？」

「うっ、そうですけど……」

恵梨花がションボリしたように返すと、亮が不思議そうに首を傾げた。

「うん？　でも、恵梨花が頼んだのはデミグラスソースのオムライスだよな？　あれもハヤシライスみたいなもんじゃねえのか？」

「……ううん、亮くん。ハヤシライスのルーとデミグラスソースは似てるけど違うの。ハヤシライスはデミグラスソースをもとに作られてるのが多くて――ああ、だから」

流石に料理となると詳しい恵梨花が説明をしながらガックリ項垂れると、乃恵美が勝ち誇ったように微笑む。

「そう。オムライスで食べたんだからわかるでしょ？　その美味しいデミグラスソースをより手間暇かけて、じっくり煮込んで、ね。ホロホロしたお肉がゴロゴロしてて、それと一緒にシャッキリした玉ねぎも入っててね……絶品よ？」

話しながら味を思い出しているのか、ウットリしたような乃恵美の説明に、四人の喉がゴクリと鳴った。

亮も恵梨花も、二人してオムライスを選んだことを後悔などしていないだろう。その日はただオムライスを食べに行ったのではなく、デートをしに行ったのだから。

ただ、こうまで聞くと惜しく感じてしまうのも仕方がないことだろう。

それが思いっきり顔に出ている亮に、乃恵美は悪戯っぽく微笑んだ。

「どう、今度一緒に食べに行く？　亮？」

「は……？」

虚を衝かれたような亮に対し、恵梨花が思わずといったように立ち上がった。

「な、何言ってるんですか⁉　そんなのダメです！」

「何よ、別にいいじゃない。なんであんたにそんなこと言われなきゃならないのよ」

「りょ、亮くんは私の彼氏です！」

「だから何？　彼女だからって、彼氏の行く先全部自分が管理するって訳？　やーね、束縛って」

「な、な、そ、そういう訳じゃ……！」

「あら違うの？　じゃあ、いいじゃない」

「だ、だから――」

どう言い返せばと口ごもる恵梨花に、亮が口を挟む。

「えーと、まあ、ちょっと落ち着けって、恵梨花」

そして手振りで椅子に座るように促すと、亮は乃恵美に苦笑を向ける。

「あんまり、からかうなよ。あんたも」

肩を竦めることを返事とした乃恵美だが、亮に言われたからかこれ以上はやめるようだ。

「まあ、なんだ。恵梨花と一緒に行った店に、恵梨花抜きで他の子と行くってのもアレだから、な」

言い辛そうながらもその言葉の意味は明白だ。

彼女とデートで行った店に、他の子と二人で行く気にはなれないとの、亮のお断りだ。

そもそも、その彼女が横にいる場でそんな約束などできまい。

(もし頷いてたりしたら、流石にあたしも怒ってたわ)

内心で呟きながら、梓はアイスコーヒーに口をつけた。

「ふふっ、わかってるわよ。冗談よ、冗談」

そう言って笑みを向ける乃恵美に、恵梨花は自分がからかわれていたことに気づいて、ムスッと
する。

(――いえ、半分は本気だったでしょうね)

あわよくばという気持ちがあっただろうことは、想像に難くない。

恵梨花もそれは察しているのだろう、警戒心が丸出しである。

そんな場の空気を変えるように亮が口を開く。

「まあ、そのハヤシライスの情報はありがたくもらっとく。機会があったらまた行こうぜ、恵梨花」

「――うん!」

亮のフォローだろう――いや本音でもあるだろうが、一転して笑顔を見せる恵梨花。

断った乃恵美を前にしてと考えると、やや失礼なところもありそうだが、乃恵美に気分を害した様子は見られない。そのあたり、冗談というのも嘘ではないことがわかる。

「別に構わないけど――なら、今度泉座で会った時、別の美味しいとこ連れてってあげようか?」

「――岩崎さん!」

サラッと再び亮を誘ってくる乃恵美に、恵梨花が抗議の声を上げる。

「もう何よ――わかった、わかった。二人じゃなきゃいいんでしょ？　その時、亮と一緒にいた人か私の連れか――とにかく二人でなければ文句ないでしょ？」

「そ、それは……」

流石にこの妥協案に文句をつけるのは違うと思ったのだろう、恵梨花が口ごもる。

「まあ、それも亮が泉座に来なかったら意味のない話だけどね」

そう言って嘯《うそぶ》くように笑う乃恵美。

「確かにいつ泉座に行くかはわからねえが……会った時に二人だけになるってのは、俺も想像つかねえな。大体、瞬かチー――いや、番長さんか啓子あたりは一緒にいるだろう――ついでにガッチョか」

乃恵美の前で、彼女の学校の生徒会長の名前を、あだ名とは言え口にするのを避けた亮。

暗に泉座に行った時に会ったのなら断るつもりはないと言っている亮の言葉に、乃恵美は呆れたように苦笑する。

「……どれも泉座じゃビッグネームね」

亮が口にした名は、前に泉座に訪れた時に三人娘も会った人達で、ストプラの打ち上げの時にも話した。特に同性である啓子には色々と世話を焼いてもらった。

（……考えてみれば、それもそうか）

レックスのトップである瞬の近くにいるのだから、有名であっておかしくない。

「あ、啓子さんか……いい人だったよね」

恵梨花が安心したように息を吐く。

啓子は番長さん——健吾と付き合っているし、何より竹を割ったような性格の彼女が、恵梨花と付き合っている亮の気を惹こうなんてことは間違ってもしないだろうと、短い付き合いながらも知ったからだ。

それに、今亮が口にした人達プラス乃恵美で食事をしても、甘い雰囲気になるとは到底思えない。

「それじゃ、泉座で会った時はよろしくね」

乃恵美がニッコリ笑って言うと、亮はそっと横目で恵梨花を窺いながら頷いた。

「ああ、会った時な」

恵梨花は少し拗ねた様子だが、亮のプライベートをあれこれ言い過ぎるのも嫌なのだろう。

何より、亮が先ほど言っていたように、乃恵美を好ましく思っていることが大きい——恋愛感情は別として。

ともあれ、乃恵美と二人っきりでなければ黙認するようだ。

「けどな……泉座で、女の子が行くようなとこで美味いもん出す店なんて、そうあったか？」

亮の素朴な疑問に、乃恵美は眉をひそめた。

「亮、あんたねえ……私が、お洒落なカフェとかにしか行かないように見えるの？」

「いや、そう言われてもな……そうじゃないのか？」

「当たり前でしょう。確かに見栄えは大事でしょうけど、美味しいお店を見つける基準が見栄えだったら、隠れてる名店なんて見つかりっこないじゃない」

なるほど、と感心したように頷く亮。恵梨花も一緒になって首を縦に振っているのは、やはり料理好きだからだろう。

「けっこう食べ歩きしてそうだな」

「そうね、趣味だし――亮も食べるの好きでしょ？」

「そりゃな」

亮の返答に、三人娘が揃って深く頷いた。

そんな三人の様子に気づいたのか、乃恵美が噴き出した。

「そういえば、亮ってすごい大食いなんだって？　どこかから聞いたわよ」

「どこかってどこだよ……確かに人よりちょっと大食いかもしれねえけ――」

――ど、と続けようとした亮の言葉に三人娘の声が重なった。

「ちょっと？」

「――じゃねえ、かな？」

「うん」

「ええ」

「……うん」

またも重なる三人の声である。

これには苦笑するしかない亮に、乃恵美は笑い声を上げる。

「あっはは、どうやら相当なようね」

「そうなんですよ。あ、そういえばさっき話してたオムライスの店で亮くん、大盛りか、特盛りか、メガ盛りか、しまいにはギガ盛りできるか——なんて言ってお店の人困らせたんですよ」

「ちょ、恵梨花」

不意打ちを食らったような亮に、乃恵美はますます笑う。

「何それ！　あの店でメガ盛りにギガ盛り——!?　信じられない！　あっはっは！」

笑い転げそうな勢いの乃恵美の前では亮が「なんで言うんだよ」と訴えるような目を恵梨花に向けている。それに対し、恵梨花はテヘッと笑って返すだけである。

（あら、可愛い）

梓がそう思ったのだから亮も当然そうだったようで、結局、口を少し開け閉めした末に、亮は文句を飲み込んでしまったようである。

「あーもう、本当信じられないわ。で、それ結局どうなったの？」

「私がメガ盛りで止めました。出てきたオムライスは私の三倍ぐらいありました」

「三倍って……」

呆れながら乃恵美は忍ぶように笑い声を漏らす。

「本当、サービスのいい店ね、あそこは」

乃恵美が目尻の涙を拭いながらそう結論づけた。

ちなみに梓と咲は、デートの翌日には既にこの話を聞いて、同じように爆笑していたりする。

「じゃあ、亮、大食い挑戦のできる店とか連れてった方がいい？」

「いや、それは別に……」

「そう？　でも気が向いたら言ってね、探しとくから」

「……ああ」

何かを諦めたようにため息を吐く亮に、乃恵美が更に質問する。

「そうだ、亮って外食が多い？」

「多い……と言うか、基本外食だな」

「ふうん……？　じゃあ、行くとしたらどういうところが多いの？」

何か色々と察したらしい乃恵美だが、そこは敢えて聞かないことを選んだようだ。

「どこが多い……か？　どこだろうな、どこでも行くしな……定食屋でもファミレスでもファーストフード、牛丼屋、ラーメン、居酒屋、焼き肉――」

と、亮が並べていく中で、ストップがかかる。

「ちょっと待って――居酒屋？」

恵梨花と梓と乃恵美である。

「亮くん、そんなよく居酒屋行くの？」

恵梨花の問いかけに、亮がハッとしてから少し気まずそうに答える。

「え？　ああ……まあ、そうだな。けど週一ぐらい、か？」

「週一⁉」

驚きに目を丸くしているのは恵梨花だけでなく、他三人もである。

「あーなんだ、バイトが遅くに終わった時、食べに行けるところなんて少ないだろ？　上がった時に同じ班の連中と、そのまま飯食いに行くことが多いんだよ」

亮がバイトを遅くまでやっているのは聞いていたし、言われてみればなるほど、とも思う。

だがしかしだ――。

「亮くん――時々、自分が高校生だってこと忘れてませんか？」

その恵梨花の一言に尽きる。

「あー……はは。そこ言われると痛いな」

誤魔化し笑いを浮かべる亮に、恵梨花は困った者を見るような目を向けている。

「……なんか、亮って知れば知るほど最初のイメージから離れていくわね」

乃恵美のそのボヤきには、梓も激しく同意する。

「まあ、いいわ……そういえば、さっきラーメンって言ってたわよね？　好きなの？」

仕切り直すように乃恵美が尋ねる。

「ラーメンは普通に好きだな。週に二回は食ってんじゃねえか？」

「……亮くん、それはちょっと多いんじゃない？　いくらなんでも太るんじゃ……太らないんだったね」

恵梨花が羨望と諦めと呆れが入り交じったような声を出したのに対し、乃恵美はテンションを上げたようにテーブル上で身を乗り出した。

「本当？　それだと、かなり好きってことね？　じゃあ、今度泉座で滅茶苦茶美味しいラーメン食べさせてあげようか？」

乃恵美がそう言うと、亮は少し考えた末にゆっくり首を傾げた。

「そんな言うほどのとこってあったか？　泉座にあるラーメン屋なら全部行ったはずだぜ」

そんな答えを返した亮に、三人娘はぎょっと目を剥《む》いた。

何せこの間、泉座の全部を歩いた訳でもないのに、五、六店舗はラーメン屋を見かけたからだ。

泉座にそれほど行ってないと言っていた亮が、どうやって全部回ったのだろうか。

三人娘の疑問を他所《よそ》に二人は会話を続ける。

「へえ、やるじゃない」

感心した風な乃恵美に、亮が聞き返す。

「あんたもか？」

「当たり前じゃない。見かけたラーメン屋、それも自分の行動範囲内にある行ったことのないラーメン屋を見かけたら、入るのが――」

「当たり前だよな」

乃恵美の言葉を亮が締めると、両者ニヤリと笑い合った。その様はまるで長年の友人であるかのようであった。

(なんかこの二人、意外なところで相性いいんじゃ……)

梓がチラッと恵梨花を見ると、恵梨花は唖然として二人を見ている。

「それで、さっきも言ったがそんな滅茶苦茶美味い店なんてあったか？　そりゃ、泉座にある店全部美味くないと言うつもりはねえし、美味いと思うとこもいくらかあったが……」

腑に落ちない様子の亮に、乃恵美はチッチと指を振った。

「私もさっき言ったけど、美味しいラーメンを食べさせてあげるんであって、美味しいラーメン屋に連れていくなんて一言も言ってないわよ？」

「うん？　それはどういう……――って、まさか、あんた」

突然ハッとしたかと思えば、妙なほどにシリアスな目を向ける亮に、乃恵美はニヤリと笑った。

「どうやら知ってるみたいね？　そのまさかよ」

「おい、嘘だろ……瞬だってまだ一回しか食ってねえって言ってたんだぞ……」

「ああ、そういえばマスターが、泉座のトップであるトーマの顔を立てたのと、彼に興味があったからって一杯ご馳走したって言ってたわね」

「ああ、俺もそんな感じのこと聞いてる。瞬でもいつでもは食えないって言ってたんだぞ。それなのにどうやって俺に――」

「そんなの答えは簡単。私がマスターとすごく仲良くて、すごく気に入られてるからよ」

「マ、マジかよ、おい……」

亮の食いつきようが余りにすごく、いい加減、梓は気になって割って入った。

「ちょっといい？　何かすごい話をしてるようだけど、何がどうすごいのか話がよく見えないのだけど……」

と言ったが大体は察している。それでも詳しく聞きたいがために説明を求めると、亮はハッとして思い出したように振り返る。

（……いや、どれだけ集中してたのよ、そのラーメンに）

呆れの目を向けている梓を見て、亮は気まずそうにゴホンと咳払いをする。

「ああ、なんだ、泉座には、ラーメン屋でないのにそこらのラーメン屋よりよほど美味いラーメンを出すバー……だっけか？」

確認するように目を向けられた乃恵美は頷く。

「間違ってないわよ。正確にはバー寄りのカフェ兼バーってとこだけど」

「だったな……てか、俺よりあんたの方が詳しいよな？」

そう言って説明の続きを促された乃恵美は、仕方がないわね、と言わんばかりに肩を竦めた。

「その店のマスターは元々ラーメン屋で働いていたんだけど、ラーメン屋をやめて開店したのはカフェバーなのよね。だからお店では軽食とお酒を中心に出してる訳だけど、時々無性にラーメンを作りたくなるみたいで。それも趣味の内として作るから、利益度外視で使いたい材料を使って作る訳。ラーメン作りの基礎を押さえている人がそんな風にして作ったラーメンが美味しくない訳ないわよね。特に出来がいいのが出来た時なんかは、それをお店のお客——ただしマスターが気に入っている常連客だけに振る舞うのよ。でも、趣味で作ったようなものだから、食べられるのはほんの数人程度。しかもメニューにないからってほとんど無料に近い額でね。で、食べた人は皆絶賛。話を聞いた人が食べたがって店に来ても、マスターは決して首を縦に振らないわ——気に入った常連でない限りね。だからこそかしら、幻のラーメンなんて噂されててね……そのラーメンを私の紹介で食べさせてあげるって話よ」

そこまで話すと一息吐くようにアイスコーヒーを口にする乃恵美。

(幻のラーメン……ね。確かに亮くんが食いつきそうだわ……けど)

「でも、岩崎さん。気に入ってる常連客しか食べられないんだったら、あなたが亮くんを連れていっても亮くんは食べられないのでは?」

乃恵美の説明ではそうだったはずだと矛盾点を問うと、乃恵美はニッと笑う。

「わかってるわよ、そんなの。でもね、マスターは私の紹介なら無条件で食べさせてあげるって言ってくれてるのよ……今まで誰も連れてったことはないけどね」

「……なるほど」

それが本当なら、乃恵美はよほどその店のマスターに気に入られているようだ。

乃恵美の話しぶりから、彼女もそのマスターを慕っているように思えた。

それよりも、と梓は亮を見る。

（……どうしてこの男は、自分に関わるゴールドクラッシャーの噂を知らず、幻のラーメンの噂は聞き覚えているのかしら……）

そう思ったのは梓だけではないようで、恵梨花と咲も揃って亮を呆れたように見ている。

その視線の意味するところを感じ取ってしまったのか、亮は気まずそうに視線を逸らした。

「えっと、とにかくだ。あんたの紹介なら、あの店の幻のラーメンを食べられるんだな？」

「そうよ……行きたい？」

悪戯っぽく笑う乃恵美に、亮は即答した。

「是非とも頼む」

「ふふん。いいわよ、任せなさい」

「おう」

そうして亮が上機嫌でアイスコーヒーに口をつけると、真横で拗ねたように頬を膨らませている恵梨花に気づいた。

「ど、どうした？　恵梨花」

「……別に？　何もないよ？」

「……そ、そうか？」

「……はあ、いいの。これは私のわがままだから」

「……？　そうか」

「うん」

二人っきりでないのなら、乃恵美とどこか行くのに反対しない姿勢を見せた恵梨花だから、それで膨れているのではないのだろう。

(多分、亮くんを思いの外喜ばせた岩崎さんに対して、悔しいってとこかしら)

亮と恵梨花の二人を見て乃恵美はクスクスと笑っている。

(こういったところは流石、と言うべきかしら)

終始、乃恵美のペースだったように思える。途中で二人の天然が入っていたが、今日のところは乃恵美の優勢勝ちと言えるだろう。

(だからといって、亮くんが恵梨花以外に靡《なび》く姿は想像出来ないんだけどね……)

瞬から聞いた二人の運命的な話を思い出せば、一層強くそう思う。

そんなことを考えていると、アイスコーヒーを飲み干した亮が手持ち無沙汰に天井へ目を向け、何やら思いふけっているようにしている。と、不意に全員へ向けて聞いた。

「……この場でする話ってもう全部終わってんだよな？」

「え？　ああ、うん、そうだね」

元々は乃恵美から恵梨花に対するあれこれを聞く場であったので、亮が来てからは完全な雑談だったのだ。

恵梨花が代表して答えると、亮はゆっくりと立ち上がった。

「そうか。じゃあ、もう行こうぜ」

そう言って帰り支度を始める亮の唐突具合に、三人娘が若干戸惑っていると、乃恵美が当たり前のように追従して立ち上がった。

「そうね、行きましょう」

そして片付け始める亮と乃恵美を見て、どこか腑に落ちないながら三人娘もようやく立ち上がる。

「えーっと、行くって、帰るってことでいいんだよね？」

そんな恵梨花の確認するような問いに――。

「――え？」

亮と乃恵美の疑問に満ちた声がハモった。

「え？　あれ？　どこか行く話だったたっけ？」

恵梨花が自分だけ聞き逃したのだろうかといったように困惑している。だがそれは恵梨花だけではない、梓も咲もだ。

そんな三人娘に対し、亮と乃恵美は目を見合わせて答える。

「いや、どこ行くって――」

「ねえ――？」

「これだけラーメンの話してたんだから――」

「そうよ――」

「ラーメン屋に決まってるだろ」

「ラーメン屋に決まってるでしょ」

最後は再び二人の声が重なった。

呆気にとられたように口をあんぐりと開ける三人娘。

（……つまり、ラーメン腹になったからラーメン屋へ行く訳ね……）

言われたら納得した。が、何故亮と乃恵美は二人して何も言わず、お互い当たり前のように行く空気になっていたのだろうか。

それだけは納得いかない梓であった。

◇◆◇◆◇◆◇

「あ、あの桜木さん……突然で失礼だとは思うんですが、その……」

と、この休み時間に亮と向き合ってモジモジしているのは一年生の女子――つまりは後輩である。

見た目は可愛らしいと言えるだろうが、一年下には見えない幼さがあり、人によっては庇護欲を抱くかもしれない。女の子には甘い普段の亮ならご多分に漏れずといったところであろうが、今の亮は寝起きである。

寝ているところを彼女の先輩らしいクラスメイトに起こされ、廊下に連れ出されたのだ。

つまり、なかなか機嫌はよくなく――。

(……いいからさっさと話せ)

亮の心中はこれである。

後輩女子は友達を一人連れていて、その子が隣で「ほら、頑張って」などと励ましている。

一見、告白の現場のように思えたりするが、亮はそうでないことを察していた。いや、悟っていたと言ってもいい。何故なら――。

「あ、あの、レックスのトーマ様と親友だって本当ですか!? だったらお願いします、紹介していただけないでしょうか!?」

今週になって、このようなことを頼まれるのはもう五回目だからだ。

(ああ、ほんと面倒くせえ……)

亮は、あからさまなため息を吐いてみせた。

「もう他の連中にも何度も言ってるんだけど、俺はそのレックスのトーマってやつと親友でも知り合いでもない。悪いが、他を当たってくれないか」

真っ赤な嘘である。女の子相手なので年下であるが、丁寧な口調を心がけてはいる。一生懸命な後輩を騙すのは心苦しいが、トーマ――瞬との関係を大っぴらにする訳にはいかない。

何故なら、今直面しているような面倒なことが多くなるのは、間違いないからである。このようなことは、中学の時にも山ほどあったのだ。その時はやはり後輩の女の子が多かったが、今はもう学年など関係なく先輩、同い年、後輩と、亮に瞬とのことで話しかけてくる女の子が多い。

このままでは中学の時の二の舞である。亮はこれでも、まだ学校での平穏な生活を諦めていない。

「いい加減、諦めたら？」と宣《のたま》う眼鏡美女にもめげず、亮は今日も平気な顔で嘘を重ねていく。

「でもでも！　こないだのストプラの時に、藤本さんらしきとんでもなく可愛い人もいたっていう話も聞いて……なら、やっぱり桜木さんじゃないんですか!?」

「……きっと他人の空似じゃないかな。恵梨花ぐらい可愛い子なんて他にも……いや、そういない……いや、いないいな。いない……けど、似たような雰囲気の子と間違えたとかじゃないかな？　……とにかく、それは俺じゃないし、トーマは知り合いじゃないから……それじゃあ」

それだけ言うと亮は、話は終わったとばかりに教室へ振り返る。

「ええ！　そんなあ……せっかくトーマ様と会えると思ったのに……」

そして何も聞こえない振りをして、気持ち足を速めて教室へと戻ったのである。

「お疲れ。いやーモテるな、亮」

「今週もう何回目だっけ？」

「藤本さんと付き合っておいて浮気すんなよ、亮ー」

そんな風に亮の席の周りで声をかけてきたのは、同じクラスの川島《かわしま》、夏山《なつやま》、東《ひがし》のB（普通）グループ友達である。いや、亮と仲がいいのが知れ渡って、そのせいで多少なりとも注目を浴びているせいか、もはやBグループではなくなってきた気がしないでもない——亮はともかくとして、彼らは一過性のものだろうが。

「いや、そういうのじゃないってわかってんだろうが、お前らも」

「そう言っても、傍から見たら告白のシーンにしか見えないぞ。女の子すごく恥ずかしそうにしてるし」

苦笑と共にそう言ってくる親友の明に、亮は顔をしかめる。

「恥ずかしそうなのも、俺に向けてのことじゃねえのにな……せめて、それなくして話しかけてくんねえもんかな」

初めの頃はそのせいでクラスメイトから誤解され囃《はや》し立てられたものだから、亮がそう言ってしまうのも無理ないことだが、苦い顔をする亮とは対照的に、聞いた四人は噴き出す。

「ぶはは、そのせいで藤本さん、すげえショックな顔してたもんな」

実際、川島の言う通り、この教室に頻繁に来る恵梨花もその現場を目撃してしまい、亮が振り向くと、力なく壁に手をついた悲愴感たっぷりの恵梨花がいてギョッとした、なんてことがあったのだ。もちろん誤解はすぐに解けたが、だからと言ってよいことではない。

思い出してこれでもかと重いため息を吐く亮に、川島がしみじみと言う。

「しかし、そのレックスのトーマって本当モテるんだな。やっぱり、ちょっと不良ぐらいの方が格好よく思われんのかな」

「泉座でトップって言われるようなやつだと、ちょっとどころじゃない気がするけど、まあ人によりけりだろ……特にトーマは俺らみたいな一般人でも名前聞くぐらいだし」

夏山の何気ない言葉に亮はグサッときた。

（一般人でも知ってる、か……）

中学の時の親友がトーマと呼ばれていることも、トーマがなんなのかも知らなかった自分は、一般人失格だと言われているような気がしたのだ。

「最近聞いたけど、俺らと同い年なんだってな、すげーなー」

クラスではアホの代名詞と言われている東まで知っているようで、亮は思わず遠い目をしてしまった。

「でも、実際信じられねえよな、あの泉座でトップって言われてるカリスマキングが、俺達と同い年なんて……本当なのか、亮？」

夏山が意味ありげで、それでいてからかうような目で聞いてきて、亮は少し返答につまり、困ったように眉を寄せた。

「……俺はトーマなんて知らねえ……ってさっきの女の子には言ったんだがな」

この言葉は嘘ではない。だが言い回しは、知ってると答えているに等しいとも言える。

「はは、そっか。まあ、ここじゃ誰が聞いてるかわからないしな」

夏山は怒った様子もなく、納得したように微笑を浮かべている。

(……やっぱり気づいてるよな)

ある程度話している明を除いて、この三人にはいい加減、色々と誤魔化しがきかなくなっているのを感じていた。そのため嘘を重ね辛くなり、最近では先の言い回しのように、なるべく嘘を言わないようにしているのだから、気づかれても仕方ないだろう。

アホの東はともかく、川島も薄々察しているようなのだが、さっきの夏山のように詳しく聞いてきたりしないことに亮は甘えている。

(けど流石にダメだろうな、これは……)

これからも友人を続けるならなおのことである。

「まあ、今度ゆっくりな」

観念するかのように苦笑して亮が告げると、夏山は驚いたように眉を上げるが、すぐにニヤリと笑った。

「そうか、楽しみにしてる」

「おう」

この一連のやり取りを楽しそうに眺めていた明が、一区切りついたと見て口を開いた。

「しかし、このトーマ様フィーバーも来週くらいにはいい加減落ち着くんじゃないか？　亮もずっと否定してる訳だし」

「まあ、そうかもな。ハラハラしてる藤本さん可愛かったけど、そろそろ見納めかあ」

同意するように頷いた川島に、亮は思わずジト目を向ける。

「お前、俺が恵梨花を宥めてるのを、そんな風に見てたのかよ」

「いやいや、眺めるのぐらい自由にさせろよ」

「そうだそうだ、観賞ぐらい自由にさせろ！　お前だけの藤本さんじゃないんだぞ！」

便乗する東の言葉に亮は首を傾げた。

「え？　俺のだろ？」

至極当然といったように亮が返すと――。

「うわあ……」

亮以外の四人の声が重なった。

「くそっ、堂々と言いやがって……」

「確かに言っていい立場かもしれないけどな、お前……」

「見るぐらいはいいだろ！　藤本さんの可愛い写真とかも見せろー！　持ってんだろ!?」

川島、夏山、東が口々に言い返すが亮は取り合わず、特に最後の東の言葉をスルーして明に目を向けた。

「来週には収まると思うか？　このトーマ騒動」

携帯の中にある恵梨花のポニテ写真を意識しながら、けれどそれを一切顔に出さず話を戻した亮に、明は苦笑しながら答えた。

「サラッと話戻したな、お前……。まあ、状況見た感じ、そろそろ収まるとは思うぞ……てか、鈴《すず》木《き》さんに聞いた方が……聞いてないのか？」

「いや、梓も来週にはゆっくり落ち着くだろうとは言ってたな」

「ふーん、ならいいじゃん」

「まあ……そうだな」

「不満そうだな」

「そりゃな、鬱陶しい」

「それは、まあ、わかる……でも待つしかないんじゃないか？　じきに落ち着くだろ。気にするなよ……どうした？」

亮の憂いたっぷりの表情から何か感じ取ったような明の意見に、亮はため息を吐いた。

「いや……別に」

そう答えて亮が思い出したのは、昨日の放課後のことである。

◇◆◇◆◇◆◇

「やっべー、マジやっべ」

「いやいや、一人で？　マジすげえって」

「ほんそれだわ、マジやべえ」

泉座で色々とあった八木達三人が、亮と向き合って口々に「やばい」と連呼している。

何があって三人がそうなっているのかと言うと——。

「いやいや、それって実質一人でシルバー潰したってことだろ？　やば過ぎだろ。うわ、ほんとすげえわ、ゴールドクラッシャー」

亮がシルバーを潰した日のことを大まかに話し聞かせたからだ。

面倒臭がりの亮が何故わざわざ彼らに話しているかというと、ラーメンを食べに行った際に乃恵美から言われたからだ。

『なんであの三人が、亮がゴールドクラッシャーだって知ってるか知らないけど、亮の都合が悪くない範囲で話してやってくんない？　なんか約束したんだって？　シルバーとの喧嘩の時のこと？　最近見かける度にやたらソワソワしてて、見てらんないのよね。亮からしたら色々迷惑かけられてちょっと複雑かもしれないけど、それって実質私のせいだし……出来たらでいいからお願いしていい？　あの三人もそう悪い子じゃないのよ。ゴールドクラッシャーへの憧れも半端ないから、話を聞いても亮が黙ってろって言えば言う通りにするし……ね？』

そのように頼まれて、亮は渋々頷いてしまったのだ。

確かに亮は、八木達と話す約束をした。

しかしいつ話すかは亮のさじ加減であり、聞かれても適当に「また今度」と言い続け、永遠に先延ばしする計画を立てていたのだ。

だが、なんとなく察した様子の乃恵美に、出来たら早めに話してやってくれとお願いされた。

そこで、仕方なくこの放課後に、クラスで用事のあるらしい恵梨花を待つ時間を利用して、八木達三人を呼び出したのだ。

ちなみに場所は屋上ではなく、八木達三人がよくたまり場にしている、放課後になるとよほどのことでない限り人目につかない空き教室である。

恵梨花が来るまでと前置きをして、亮はシルバーを潰した日のことを、かなりはしょって話した。

それでも八木達は、亮の予想を遥かに上回る勢いでテンションを上げ、目を輝かせ、事ある毎に「ゴールドクラッシャーすげえ、やべえ」と言い続けた。

話をしている亮本人がそのゴールドクラッシャーだと、本当にわかっているのかと疑うほどに、彼らは賞賛し続けるので、亮は非常に居心地の悪い思いをしているのである。

「……逃げようとしたやつらは、俺の連れが投げ飛ばしてたけどな」

現場に一緒に駆けつけることになった、巴《ともえ》と静《しずか》の双子を思い出しながら付け足すように言う亮。

八木達は揃って、「とんでもない」と言わんばかりに首を横に振った。

「いやいや、桜木が一人だけで暴れてそれを恐れて逃げ出すってことが、まずやべえって！　あのシルバーがたった一人の……それも中学生にビビったってことだろ？」

「だよな、いやほんとやべえって。どんな中学生だよ」

「ほんそれ、マジやべえわ」

何を言ってもこの調子である。

ひたすら賞賛をしてくる彼らに落ち着かないことこの上なく、亮は頭をガシガシと掻いた。

「まあ……話としてはこんなところだ。もういいだろ？」

「え？　あ、ああ。いや、ありがとな、桜木！」

「やべえよ、俺達、伝説聞いちゃったよ」

「マジそれだわ」

締めてもこの調子なので、亮はさっさと話題を変えることにする。

「それよか、お前ら、口止めはしっかりしてんだよな？」

「うん？　ああ、やったぜ。ストプラの現場にいたうちの学校の人間全員に、桜木のことは話すなって言っといたぜ。先輩も含めてな」

「まあ、口止めしてもどれだけ効果あるかって感じだけどな」

「それな」

三人はそれぞれ首肯するが、亮は腑に落ちない。

「そうしたんだよな？　……にしては、けっこう絡まれてる気がするんだが」

八木達を責めるでもなくそう口にすると、三人は互いに顔を見合わせた。

「そりゃあ。でも桜木、いくら口止めしても噂が流れるのは仕方ないもんだぜ」

「いや、それはわかってるんだがな……」

「そうか……？　あ、いや、待てよ。もしかして桜木、他の学校のやつのこと、頭から抜けてないか？」

「他の学校……？　いや、学校違ったら関係な……い……あ」

八木の指摘を受けて亮はようやく思い至った。

「……なんか意外なとこで抜けてんのな。俺達は確かにこの学校の人間には口止めした。その日ストプラの会場にいたこの学校の連中には、確かにな。けど――」

「この学校のやつと関係を持っている、他の学校の連中ってことか」

「そういうことだ。流石に、他の学校のやつにまで口止めは無理だわ」

「第一、うちの学校の誰かと関係あるかなんてわかんねえしな」

「それな、本当」

目から鱗の思いながら、亮の顔は苦々しいものでいっぱいだ。

ストプラの会場にいた、この学校の生徒の口止めをすれば大丈夫と思っていたが、それは大間違いだったのである。

ストプラの会場にいた者からこの学校の生徒に話が流れる、という可能性が、すっぽり頭から抜けていたのである。

「はあ……馬鹿か、俺は……」

今更思い至った自分に、亮は呆れるしかなかった。

「やっぱり、あの時に名前を連呼されたのが痛かったな……くそ、あのマトン野郎め」

「いやいや、マッドさんな。何回間違えんだよ、タイマンまでしといて」

ストプラの舞台で戦う原因となった、レッドナイフの副ヘッドの男に亮が悪態を吐くと、八木が呆れたように訂正して、更に続ける。

「けど、マッドさんが桜木の名前を何度も言ったからってのもあるけど、それだけじゃないと思うぜ？」

「それだけじゃねえって、どういうことだ？　髪形も学校の時とは変えてたし、眼鏡も外してたんだから、名前さえ言われなかったらそう気づかれるはずねえだろ」

「いやいや、お前って本当に肝心なとこ抜けてねえか？」

「いや、本当になんか抜けてるな」

「それな」

「さっきからお前ら、人のこと抜けてる抜けてるって……」

亮が不満を隠すことなく睨むと、三人は焦った顔で手を振る。

「いやいや、悪いって。お前に喧嘩売るつもりなんかねえし、許せって」

「デコピン一発でやられたしな、八木……いや、俺もそうなると思うけど」

「それな。ゴールドクラッシャーだしな。いや、ほんと勘弁」

思った以上にビビって謝罪してくる彼らに、亮は毒気を抜かれ、ため息を吐く。

「そんなビビらなくても敵対してこなけりゃ、殴ったりしねぇよ」

「……いや、こないだ教室で俺殴られたような」

八木が人前で色々と口走るのを止めるために、腹を一発殴った時のことを言ってるのだろう。

「……あれは、ツッコミだから別だ」

「え!? あれ、ツッコミだったのかよ!?」

「驚きの新事実だな、欠片もボケてなかったのに」

「しかも、まるで見えないツッコミだったな」

流石に苦しい言い訳だったのを自覚している亮は、話を流すことにした。

「まあ、気にするな。で？ あのマッドが俺の名前呼んだせいだけじゃねえって、どういうことなんだ？」

「いや、気にするなって……はあ、まあ、いいか。いやな、桜木、ストプラの会場でお前誰と一緒にいたよ？」

「誰って……恵梨花達だろ？ あと、瞬達もか」

「瞬……？　そいつが誰かはともかくとして、まあ、それだよ。藤本さんな」

八木の答えに、亮は首を傾げる。

「……何がだ？」

「いや、だから藤本さんと一緒にいただろ？」

「それが？」

「……え、もしかして本気でわかんねえのか？」

「……何がだ？」

八木が何を言いたいのかわからず、亮が少し苛立ちながら三度問うと、八木達は再び顔を見合わせた。

「え、なんでわかんねえんだ？」

「そういや桜木って、自分がゴールドクラッシャーだってことも知らなかったよな」

「ああ、そういうことか……これは噂に疎いとかのレベルじゃないんじゃ？」

またも噂に疎いことが仇《あだ》になっていると気づいた亮は、苛立ちを引っ込めて咳払いした。

「ゴホンッ……で、恵梨花がいたから、どういうことなんだ？」

「いや、だからな？　藤本さんはあの通り、驚くほど可愛いよな？　アイドルと比較してもすげえってレベルで」

「それについてはまったく異論はない」

躊躇なく同意する亮に、八木達三人は若干白けたような目になりながら続ける。

「ああ、うん……でだな。それほど可愛い藤本さんはこの学校だけでなく、他の学校のやつからも名前を知られたりしてでてだな」

「……」

なんとなく話がわかってきたが、亮は黙って続きを促した。

(他の学校のやつにも名前を知られてるのは知ってたが、俺が思っていた以上の規模かもしれんな、どうやら……)

亮にとって、恵梨花は付き合っている相手。

身近にいるため、彼女が客観的にどう見られているかというのを、つい忘れがちになるのだ——それも、二人の距離が近くなるほどに。

「んで、ストプラの会場で藤本さんを初めて見たやつなんかの間では、あのとんでもなく可愛い上にエロい体したあの子は誰だって噂になってでだな」

「っ……」

『エロい』の言葉に少しイラッときてしまったが、その表現が決して間違っていないことがわかる亮は文句を言うのを抑えた。

それに、八木が言っていたことではないのだ。あくまで、そう噂されていたということだろう。

「それで、藤本さんの名前を知ってるやつは得意げに教えるだろ？　そこで、最近藤本さんと付き合ったっていう男の名前も出たりして……あれ、それってさっきトーマと一緒にいたやつじゃねって話になるし、藤本さんはずっとお前とベッタリだったしだな……」

「あー、わかった。もういい」

全てがマッドのせいという訳ではないことは、亮にもわかった。

いくら否定しても、次から次へと瞬とのことで絡んでくるやつが絶えないのもだ。

恵梨花と付き合っていることも相まって、噂が広まってしまったようだ。

道理でクラスメイトの高橋が、月曜の朝から亮に突っ込んでくる訳である。泉座と関係なさそうな彼女にしては、余りにも耳にするのが早いと思っていたのだ。

結論としては、亮の考えが色々と甘過ぎたことが要因だろう。

「はあ……」

思わず大きな、それは大きなため息を吐きながら遠い目をする亮。

「でもまあ、桜木自身がずっと否定してんだから、噂が広まるのはともかくとして、お前の周りはいい加減落ち着くんじゃね？」

「……お前もそう思うのか？　なんでだ？」

梓と同じことを八木も言ったのを意外に思って尋ねる。

「なんでって……状況的にほぼ間違いなく、その噂の桜木はこの学校の桜木だって、耳聡《みみざと》いやつならわかるだろうしな。それなのにお前だけでなく、俺達や、泉座に行ってるこの学校の他のやつまで、お前のこと黙ってんだぜ？　イコール、それは無闇に突《つ》いたらダメなことだっていい加減察するだろ」

「察するから……絡んでこないのか？」

いささか理解し難く感じた亮の疑問に、八木達はまたも呆れたように顔を見合わせた。

「これも……本気で言ってんだよな？」

「多分……あ、わかった。もしかして桜木のやつ、弱者の目線でものを考えるの苦手なんじゃね？」

「……あ、それだわ」

何やら頷き合う八木達。

「お前らだけでわかり合ってんじゃねえよ。んで？　どういうことなんだ？」

「あーだからな、噂になっている桜木はトーマの親友で、ゲストとしてストプラの舞台でタイマンしてあのマッドさんを倒してしまうようなやつ、ってことでだな」

「……それで？」

「いや、なんでこれでわかんねえんだ？　マッドさんのような見た目強い、実際に強い人をタイマンで倒してしまう噂が本当なら、下手に機嫌を損ねるような真似したら不味いだろ？　それを察して、桜木が否定し続けていることに絡んでくるやつは、次第にいなくなるってことだよ」

「ああ……そういうことか」

またも目から鱗の思いの亮である。

「いや、でもそれは……——」

つまりそれは、自分を恐れて近寄ってこなくなるということではないだろうか。

ごく普通の人として見られることを目指していて、決して目立ちたくない亮としては、それはどうなのだろうか。

(なんか色々破綻《はたん》してるような……いや、でも結果的に平穏が手に入るのなら……いや、平穏のままなのか……?)

文字通り頭を抱えて悩み始める亮に、八木達は肩を竦めた。

「まあ、わかっただろ? じきに桜木に絡むやつも減ってくるってことが」

「……ああ、わかった……が、それはそれで別の騒動が起きたりしねえか……?」

亮のこれまで培《つちか》った勘が囁くままに口にすると、八木達は首を傾げた。

「さあ、どうだろうな? また騒ぎになるってことか? ちょっと思いつかねえな。ないんじゃね?」

「……だ、だよな」

(いや、ある。なんか面倒臭そうなことが)

肯定とは裏腹に、亮は直感していた。

「それよかよ、桜木。今度泉座来たら一緒に遊ばねえ? なんか思ってた以上に面白れえしよ、桜木って」

「お、いいなそれ。トーマとも仲良いんだよな? シルバー以外にも泉座の面白い話とか聞かせてくれよ。俺達の武勇伝も話すぜ」

「いいな、それだわ」

「……」

乃恵美といいこの三人といい、どうして自分を泉座で遊ぶのに誘ってくるのだろうか。

実際のところ、亮は稽古やバイトで遊ぶ時間は少ないのだ。

恵梨花と一緒にいる時間もなんとか作っているくらいで、正直なところ放っておいてくれという気持ちがある。

「……まあ、泉座に行って気が向けばな」

それでもこう返してしまうあたり、この三人をそれほど嫌ってはいないことを自覚する亮であった。

◇◆◇◆◇◆◇

「父さん、明日だけど……大丈夫？」

そう父に問いかけるのは藤本家の長男、純貴である。

「ああ。なんとか都合をつけた……お前の方こそ大丈夫なんだろうな？　大会はもうすぐじゃなかったか？」

グラスに注がれたビールをグッと喉に流しながら問い返す、藤本家の大黒柱。

いつものように二人で晩酌中なのだが、声をひそめている。まるで、自分達以外の家族には話しているることを聞かれたくないかのように。

「大丈夫だって。明日休むために、今日はキツめに練習してきたから。それに部活なんだし、そこまで融通きかない訳でもないよ」

「ならいい……明日はしっかり見極めてやらんとな、お前も頼んだぞ」

「ああ、任せてよ……ハナと付き合うのに相応しい男かちゃんと見ないと、ね。ハナや母さんには気づかれてないみたいだけど、明日は気をつけてくれよ、父さん」

どこか物騒な笑みを浮かべる長男に、父は厳かに「うむ」と頷く。が、不意に顔をしかめた。

「っ痛た……」

そうして手を腰に回して悩ましげに眉を寄せる。

「……父さん、いい加減に病院行けよ」

「ああ……最近はまったく時間が作れなくてな……来週……いや、再来週にはなんとか」

もしこの二人以外の家族がこの場にいたら、娘の彼氏と対面する画策なんてしてないで明日行け、と総ツッコミが入っただろう。

しかしこの二人には、病院よりも娘、妹の憎き彼氏を見極める方が大事なことであった。

いや、そもそも病院行く時間を作れなかったのに、どうやって明日の時間を作ったのかというツッコミが入るべきか。

「まあ、なるべく急いでよ……それで、明日なんだけど――」

こうして二人は、恵梨花の彼氏訪問という、二人にとっては看過出来ない重要事に関する密談――二人以外には迷惑でしかないが――を、至って真面目な顔で続けるのであった。

第三章　藤本家

「じゃあ、今日家にいるのはお母さんとお姉さんだけなんだな？」

「うん……って言っても、今は家にいないけどね。私達が家についてから少ししたら帰ってくるはずだよ」

「確か……妹とお兄さんもいるんだよな？　その二人は？」

日頃の雑談の中で聞く話から恵梨花の家族構成を思い出しながら、亮が尋ねる。

隣で、亮の腕に自分の腕を絡ませながら歩く恵梨花が答えた。

「二人共部活で、帰ってくるのは夕方過ぎのはず……お兄ちゃんはもしかしたら、部活の人達と飲み会に行くかもしれない、かな。でも、どうなるかわかんないから、夕方には家を出た方がいいかも」

「……そんなに、お兄さんとは会わない方がいいのか……？」

恵梨花の家へ行く話になってから、徹底的に自分の兄との接触を避けようとする恵梨花に、亮はどう反応したもんかと思いながらそれだけ返す。

「うん。ダメ、絶対。お兄ちゃん、超シスコンだから。私が亮くんと一緒にいるとこ見たら、絶対面倒なことになるよ」

「……」

思わず亮の頬が引き攣りそうになった。

(妹にそこまで言われるシスコンって……いや、そうなるのもわからんではないが……)

恵梨花のように超絶可愛い女の子が妹だとしたら可愛がるだろうし、確かに色々心配になるかもしれないとは思う。

だが、妹にまで『超シスコン』と言わしめるとは、どれほどなのだろうか。

「あー、でも、なんだ。だからってずっと会わないって訳にもいかねえよな?」

例えば、亮が恵梨花にとってただの友人で、何かの事情で家に行くことになっただけならば、誤解からの面倒を避けるために、兄と会わないようにするのは自然な流れだろう。

だが、亮と恵梨花は友人ではなく恋人同士の関係で、この先も永く一緒にいるのならば、相手の家族を避け続けるなんて無理な話である。

特に、恋人関係の先を見据えるとなると、よほどの事情がない限りは相手の家族に会うのは避けられない。亮の亡くなった家族はともかくとして。

と、そこまで亮は考えた訳でもないが、多少は意識して発せられた亮の言わんとすることを、即座に理解した恵梨花は頬を赤らめた。

「う、うん……それはそうだけど、でもお母さんとユキ姉と先に知り合いになってたら、お兄ちゃんに会った時に二人が味方してくれると思うの。だから今日はお母さんとユキ姉だけ。亮くんも、いきなりお兄ちゃんに会うのはしんどいでしょ？」

「……話を聞く限り、否定できねえな」

「でしょっ」

苦笑気味ながらに微笑んでサイドポニーを揺らした恵梨花は、非常に魅力的だった。


会話でわかる通り、二人は今、恵梨花の自宅へ向かっている。

何故恵梨花が家で待たずに二人で向かっているのかというと、一緒に食事をしようと最寄りの駅で一時間ほど前に待ち合わせをしたからだ。

どうせなら外でお昼を食べてから一緒に向かおうという話が、昨日の帰りに決まったのである。

恵梨花の家を訪れるのは初めてということで、多少の緊張を覚えずにはいられない亮からしたら、その方が助かるという面もあった。

基本的に、学校の帰りは恵梨花の家の近くまで亮も一緒に行くため、この駅には慣れている。

特に迷うことなく待ち合わせ場所につくと、予想通り、いや、予想以上に周囲の視線をこれでもかと集めながら恵梨花が待っていた。

黄色のスカートにノースリーブのボーダーのニット、編みサンダルといった出で立ちの恵梨花はいかにも涼しげで、清楚《せいそ》さに溢《あふ》れている。

彼女の魅力をこれでもかと引き出していて、視線を集めるのも当然のように思えた。

髪形は緩くまとめられた感じのサイドポニーで、これまた非常に似合っている。

ちなみに今日は休日であるし、恵梨花の家族に会うということで、亮は学校での擬態スタイルではない。服装は普通にジーンズとシャツである。

亮に気づいて輝くばかりの笑顔で手を振る恵梨花へ近づくほどに、亮の胸は高鳴った。

(やっべ、すげえ可愛い)

一昨日に八木達と話したせいか移った口癖と共に、亮は内心で大いに恵梨花を賞賛した。

だが恵梨花を目の前にして一つ気をつけなければいけないと、気を引き締めた。

夏目前でもう暑いため、服の生地は、亮も恵梨花も薄い。

加えて、恵梨花の着てるニットは見た目からしてもやわい生地なのがわかる。

そのためだろう。胸部をこれでもかと盛り上げていて、大きな山が二つ、存在を強く主張しているのである。

それなのに清楚さを感じさせるのだから、これも恵梨花の魅力の一つと思わせられるところがまたすごい。

ともあれ、気のせいかわからないが、その山は先週見た私服姿よりも大きく感じてしまい、視線を吸い寄せられそうになるのだ。

この魔の吸引力に気をつけねば、嫌われはしなくても、嫌な思いをさせてしまうだろうことは想像に難くない。

亮は鋼《はがね》の自制心を発揮してなんとか視線を上げることに成功した……したが、つまりそれまでの間は、胸にガッツリ視線が行っていた。

そのことに恵梨花は当然のように気づいていたが、彼女は今更なことと、余り気にしなかった。

何より他の男からならともかく、亮からの視線は嫌に思わないどころか、喜びの一つと言ってもいい。あくまで、亮限定であるが。

それに、自分を魅力的に思っている証拠でもあるからだ。

ともあれ亮一人だけが心労を感じる中、二人は早速近場の店へランチに向かったのである。

そこは、恵梨花が姉と買い物へ行く時によく利用するというイタリアンの店で、美味しいのはもちろん、姉の雪奈と会った時の話題にもなるということで、この店に決めたのだ。

二人は異なるパスタの日替わりランチを頼み、シェアもして舌鼓を打った。

なお、亮は当然のように大盛りを頼み、それで足りるとも思えなかったので、ピザも二枚追加で頼んだ。

恵梨花は亮の相変わらずの大食漢ぶりにもはや呆れることもなく、まあ当然かといった具合に微苦笑を零していた。

食後のコーヒーと紅茶をゆっくりと終えて、店を出ると向かう先は恵梨花の家である。

そこで歩き始めてからすぐに恵梨花が当たり前のように手を繋いできて、亮も当然のように応えた。最近二人でいる時はよく繋いでいるので、割と自然のこととなっている。

しかし今日はそれだけでなく、恵梨花は亮の腕に抱きつくようにして絡ませてきたので、その密着具合に亮は動揺を隠せなかった。

対して恵梨花はまるで意識していないように見えるあたり、どうも無意識でやっているようだ。

そのような恵梨花の無意識な接触は今週から、いや、正確に言うと泉座のあの日――キスした日からだと思われる。

あの日から、恵梨花と一緒にいる時の距離感が物理的にも精神的にも縮んでいることを、亮は意識せざるを得なかった。

例えば一緒に歩いたり並んで座っている時などの二人の距離が、以前より拳一個分は確実に縮んでいて、それを当たり前のように感じている。

そういったことが恵梨花の無意識な行動に繋がっているのだろうが、今日の彼女の様は、どうもそれだけではないように思える。

どこか高揚しているというか、興奮しているように見えるのだ。

(……家に初めて俺を連れていくからか？　それか、前に言ってたサプライズっぽいのか)

心当たりはそれしかない。

事実、亮は何故急に家に来て欲しいと頼まれたのか、正確なところをまだ聞いていない。

「色々と驚かせたいから……それだけじゃダメ？　お願い、亮くん」としか答えてくれず、亮としてもどうしても知りたかった訳でもないので、不思議に思いながら了承したのだ。

ただ、恵梨花のお願いが可愛かったから頷いてしまったという面も無きにしも非《あら》ず。

ともあれ、そのお願いを受けてちょうど一週間経った今日、亮は恵梨花と共に藤本家へ向かっている。

「ねえ、やっぱり緊張してる？」

兄の話を聞いてから少し黙っていた亮へ恵梨花が問いかける。

「いや……ああ、いや、少ししてるかもな」

上の空で否定しようとしたが、そうでもないなと亮は言い直した。

「そっか。でも、お母さんとユキ姉相手だから、本当に大丈夫だよ。普通に亮くんのこと歓迎してくれるよ？」

「ああ、話聞いた感じ、優しそうなお母さんとお姉さんみたいだしな。けど、まあ……初めて家行くってのがやっぱり、か？」

「ああ、そっか。ふふ、亮くんでも、そういうとこは普通に緊張するんだね」

微笑んで、からかうように亮を見上げてくる恵梨花。

「っ！」

その際に僅かながら更に密着具合が強くなったことで、亮は色々と耐えるハメになった。

「……そ、そういうとこってのは余計じゃねえか？」

「えー、そうかな？　ふふっ」

手を繋ぎ、その反対の手で腕を絡ませての密着――それはつまり、亮が意図して視線を向けないようにしている山との接触である。

つまりつまり――当たっているのだ。

それによって亮の理性はガリガリと削られている真っ最中である。

そもそも亮が先ほど上の空だったのは、そこから意識を逸らそうと必死になっていたためだ。

恵梨花は気づいているのかいないのか、兎にも角にも、亮には今三つの選択肢がある。


一つ、恵梨花に指摘する。結果、離れるのか離れないのかはわからないが。

一つ、それとなく繋いでいる手を離して距離を取り直す。

一つ、黙って堪能する。


そんな選択肢が亮の脳裏にあるのだが、それを悩んでいる間、三つ目の選択肢を選び続けていることに亮は気づいていない。

(どうしたもんか……)

腕に当たっているだけだというのに重量すら感じさせるその柔らかさから意識を逸らそうとすればするほど、かえって集中してしまっている気がしないでもない。

実際、逸らそうとしなければならないほど意識しているという証拠な訳で、女体に慣れていない亮には意識しないなんてどうあがいても無理なことなのだ。

悶々と選択肢に悩みながら、少し上の空のままどうにか恵梨花と会話を続けていると、ついにその時は来た。

「ここだよ、亮くん」

「えっ……もう着いたのか？」

結局悩んでいる間、恵梨花の重量武器に抗《あらが》うことが出来なかった訳で、亮は愕然とした。

圧倒的敗北——この時、脳裏に浮かんだのはそんな文字だ。

「？　うん、いつも近くまで来てるのに、なんでそんなに驚いてるの？」

「え？　ああいや、なんでもない……ははっ」

頬が引き攣っているのを自覚しながら亮は笑って誤魔化した。

そうして気持ちを改めるため、恵梨花の家を見上げる。

白塗りの壁に囲まれたその家は、簡潔に表現するならば、『箱形の家』だろうか。

外観からでは、中がどのような間取りになっているのかいまいち想像出来ず、恐らくはプライバシーを守るための造りなのだろう。

ところどころ窓があるが、それも基本は高い位置にあるものしか見えない。

一見、四角だけのため固い雰囲気になりそうだが、窓の外枠などがいいアクセントになり、壁の白さがこれでもかと清潔感を抱かせる。

(何度か遠くからは見たことあるけど、こうやってすぐ近くで見るとやっぱり綺麗な家だな……)

恵梨花を送る時はもうちょっと手前で別れるので、ここまで近寄ったのは初めてのことである。

(それも今思えば、お兄さん対策……なんだろうな)

亮がしみじみとしていると、外門を開けて少し中に入り亮を招こうとした恵梨花が、ふと声を上げた。

「あれっ？　なんでお父さんの車があるんだろ……」

「……お父さん仕事じゃなかったのか？」

「そのはずなんだけど……」

恵梨花は小首を傾げると、少し焦りの表情を浮かべてキョロキョロと周りを見渡す。

(お父さんもまだ会わない方がいいって言ってたんだよな……)

藤本家の男とは接触禁止だと言われている。何を言われるのか、どんな物騒なことになるかわからないからと。

亮としても、そこまで言われたら、初めて訪れたこの日に対面したいとは思わない。

いつかは会わないといけないにしても、恵梨花の言う通り、母や姉と面識を持ってからの方が間違いないだろう。

「ごめん、亮くん。ちょっと家の中見てお父さんいないか確認してくるから、少しだけここで待ってもらっていい？」

玄関前まで来ての恵梨花の焦りを隠せない声に、亮は異論なく頷く。

「ああ、わかった」

「うん、ほんとごめんね？　ちょっと待ってて」

「ああ、気にすんな」

「うん……」

ハンドバッグから取り出した鍵で玄関の扉を解錠した恵梨花は、亮へ手を振って中へと入っていった。

手持ち無沙汰になり、軽く視線を動かして門の外からは見えなかった部分を亮は改めて眺めた。

壁際に鉢植えが並んでいて、亮には名前はわからないが綺麗な花を咲かせている。

綺麗に手入れされているようで、見ていて心地よい。

角を曲がった先には庭があるのだろう。ここから見ると、外から見た時以上に広いように思える。

なんとなしにここからは見えない角の先にある庭へと目をやっていると、亮の直感に囁くものがあった。

（誰か……いや、何かいる……？）

角の先に何かしらの気配を感じて注意していると、それはやってきた。

「犬か……でけえな」

亮が呟いた通り、大型の犬がノッシノッシと歩いてきたのである。犬種は亮の記憶が確かならば警察犬や護衛犬として有名なジャーマンシェパードだったか。

「そういや、犬飼ってるって恵梨花言ってたな、確か名前は――」

恵梨花から聞いた話を思い出そうと悩み始めたところで、犬が威嚇《いかく》するように大きく吠えた。

「ワン！　ワンワン‼」

その様はまるで外敵を排除するかのようで――実際そうなのだろう、犬からしたら亮は完全に部外者なのだから。

だが吠え声の大きさに驚きはしたものの、亮にはそれだけである。

「ワンワン！　ワンワンワン‼」

（んん……？　よく見たら首輪に何もついてねえじゃねえか。庭で放し飼いにしてるのか……？）

番犬として考えても、それはいささか危険ではないのだろうか。これだけ大きい犬なのだから。

「ワンワン！　ワンワンワン‼」

今にも飛びかからんばかりに犬は吠え続ける。部外者なのを自覚してはいるが、一応は客なのだ。余りよい気分ではない。

「ワンワン！　ワンワンワン‼」

だが、この犬が恵梨花達三姉妹を守っているのかと思うと、頼もしくはある。

「ワン！　ワンワンワン‼」

襲いかかってこない分、しつけはされていることが窺える。

「ワンワン！　ワンワンワン‼」

「……」

いつまで経っても亮が立ち退かないことに苛立ったのか、唸りながら犬は前へ一歩踏み出し、再び吠えようとして――。

「いい加減、うるせえ――黙れ」

機先《きせん》を制して亮が睨むと、犬は見てわかるほどにビクッと震えて固まった。

今度は反対に亮が一歩近寄ると、犬は思わずといったように一歩後退した。が――。

「――動くな」

亮の一声で再びピタッと止まる。

そして亮が足を進めると、近づくほどに犬は小刻みに体を震わせ始めた。

「やっと野性の本能が起きてきたか――？」

言いながら亮は掌をゆっくり犬へと突き出すと、軽く下へ振った。

途端に犬は伏せて、ゴロンと腹を見せ、先ほどのような勇ましさを欠片も感じさせない声で鳴き始めた。

「クゥーン、クゥーン……」

「敵に吠えるのはいいが、相手をよく見ろよ、な？　まあ、主人が後ろにいるならさっきみたいな蛮勇《ばんゆう》でもいいけどよ」

亮はしゃがむと、先ほどまで幸せな感触に浸っていた左腕を犬へと向けた。

「とにかく俺は敵じゃねえよ。ほら、お前のご主人様の匂いがするだろ？」

すると、犬は腹を見せている体勢そのままに首だけ動かして、亮の腕をスンスンと嗅いだ。

「ワン！」

多少元気が戻ったように一声吠える。

「よーしよし」

何も亮はビビらせたかった訳ではない。これからもこの家に来ることを考えると、力関係を教えておく必要があると思って少々威圧したのだ。

それを犬が理解したのなら、もう仲直りの時間である。

亮が犬の腹をワシャワシャと撫でてやると、犬は喜んでいるような鳴き声を上げながら尻尾を振り始める。

そうして撫でまわしていると、ふと背後に気配を感じて振り返る。

「あら」

そこには――とんでもない美女がいた。

どこか恵梨花の将来を思わせる美貌は、人を惹きつける魅力に溢れている。緩やかに肩まで伸びている黒髪は艶《つや》やかで、彼女の美貌を一層際立たせた。

一瞬、亮は見惚れてしまい、すぐにハッとなって立ち上がった。

「あっと……こんにちは。お邪魔してます」

なんとかそれだけ挨拶をすると、美女は涼やかにニコッと微笑んだ。

「はい、こんにちは……亮くん、よね？」

どこか面白がるような雰囲気での問いかけに、美女の微笑に吸い込まれる感覚に陥《おちい》りかけた亮は、一つ息を吸って、ゆっくり吐き出しながら答えた。

「はい、そうです……ええと、恵梨花のお姉さん……で？」

思いついたままに亮は問い返したが、どこか違和感を覚えた。

（あれ、二つ年上の割にはもうちょっといってそうな……？）

雰囲気が予想していたよりずっと大人びていて、思わず亮が首を傾げると、美女は少し驚いたように目を丸くしてからクスクスと笑い始めた。

「あらあら」

「ええっと……」

違和感はそのままに、恵梨花がいないこの状況をどうしたものかと亮が途方に暮れかけた時――。

「ごめん、亮くん！　ジローの鎖繋ぎ忘れてたみたいで、大丈夫だった!?」

玄関の扉が開かれバタバタと恵梨花が戻ってきて、亮はホッとした。ジローとは犬の名前だろう。

「ごめんね、男の人が来るといつもこうで――」

と、そこで恵梨花は、美女の存在に気づいてニッコリした。

「あ、おかえり――」

そう恵梨花が声をかける中、少し落ち着いた亮は改めて二人を見比べた。

（やっぱり似てるな、流石は姉妹――）

そう内心呟いたところで、思いもしない言葉が亮の耳に入った。

「――お母さん」

先ほど犬――ジローが亮に威圧された時のように亮も固まった。

「――お母さん？」

はて、『お母さん』という言葉はどういう意味だったろうか……などと、亮は真面目に考えてしまった。

「？　うん、お母さん。それより、ジローは……えっ、なんでそんな大人しくなってるの!?」

亮の足元で腹を見せているジローに気づき恵梨花が驚愕の声を上げると、美女――母が答えた。

「ああ、なんか亮くんが手懐けちゃったみたいよ？　すごいわね、うちの家族以外の男性に懐くなんてね？」

「うん……でも、これって懐いてるの？　なんか降伏してるように……ああ、そっか」

いい加減、亮という人間を理解し始めている恵梨花は、何があったのかをおおよそながら察したようだ。

「それよりハナ、聞いてくれない？　亮くんったら、私をユキと間違えたみたいなのよね、ふふ」

「ええー？　いくらなんでもそれは……お母さんがそう誘導したんじゃないの？」

「そんなことしてないわよ……ねえ、亮くん？」

相変わらずからかう響きで亮へ声をかけてくる母だが、亮はまだ混乱から立ち直っておらず、引き攣った笑みを返すのみだ。

（お母さん!?　これが――この若々しい人が!?　四人の子持ち!?　どうみても二十代前半――高く見ても二十代後半にしか見えねえぞ!?）

こんな有様であるが、亮はなんとか口を開いた。

「そ、そうですね……いや、恵梨花。本当に素で間違えた」

「えー？　ユキ姉が知ったらショック受けないかな……」

「お母さんもまだまだ若いってことね」

そうやって嬉しそうに笑う恵梨花の母は、やはり若い。いや、若過ぎだ。

（いやいや、ちょっと待て……お兄さんが確か成人してなかったか……だとすると、低く見ても四十には行ってるはずで…………嘘だろ!?）

知れば知るほど混乱が深まりそうな亮をよそに、恵梨花の母が娘へと問いかけた。

「それよりハナ、どうしてあなただけ家に入って、亮くんをこんなところで待たせてるのかしら？」

「え？　あ、そうだお母さん、お父さん今日仕事なんだよね？」

「？　そのはずだけど……？」

「だよね？　お父さんの車があるから、もしかして帰ってるのかと思って、私だけ中に入って確認してたんだけど……」

「あら、本当に車があるわね。どうしてかしら……？　家にはいなかった？」

「うん」

「ふうん……？　じゃあ、迎えでも来たのかもしれないわね」

「ああ、そっか」

「きっとそうよ。さあ、いつまでも玄関にいないで中に入りましょう」

「そうだね。じゃあ——どうぞ、亮くん」

そう言うと恵梨花は少し気恥ずかしげに微笑んで扉を開き、未だ呆然としている亮を招いた。

「ええと……お邪魔します」

綺麗に清掃されている広い玄関で靴を脱いだ亮は、高い窓から降り注ぐ陽射しに照らされたフローリング式の広々としたリビングに通された。

白塗りの壁には余り背の高い家具は置かれていない。

キッチンカウンターの手前には恐らく同じブランドで揃えられたテーブルと椅子が並んでいて、向かって奥の窓の手前には大型のテレビとソファーセットがある。

リビング全体を見ると、ところどころに小型の家具があり、窓際には高く伸びた観葉植物があったりと、どこか人を落ち着かせる雰囲気で、亮は無意識に息を吐いて少しリラックスできた。

「さあ、立ってるのも落ち着かないでしょうし、適当に座りなさいな」

恵梨花の母がテーブルの上にエコバッグを置き、中からスーパーで買ってきたらしい食材を取り出しながら声をかけてくる。

そこで亮は自分の失敗に気づいた。

（しまった、荷物持ってるなら運ぶの手伝えばよかった……）

その美貌や姉でなく母だという衝撃から、如何《いか》に自分の視野が狭《せば》まっていたかがわかって亮は悔やむ。

記憶を辿れば、確かに玄関前で見た時から荷物を持っていた。

そこからリビングという短い間とはいえ、そういった時の気遣いを普段から心がけている亮としては、失敗もいいところだった。

「うん、ほら亮くん、ここ座って？」

恵梨花の呼びかけに応じて、亮は恵梨花が引いた椅子に腰かける。

「ああ、ありがとな……それとすみません、荷物持ってるのに気づかなくて」

「なんのこと……？　ああ、いいのよ。そこまで気を使わなくたって、初めて来たお客さんじゃないの」

恵梨花の母は最初、亮が何に対して詫びてきたのかわからなかったようだが、亮の視線を追ってすぐに察して微笑んだ。

「でも、ありがとう。そういう気遣いしてくれる男の子は素敵だと思うわよ？」

芸能界の最前線で活躍している女優と言われても、納得できる美女から真っ直ぐに褒められて、亮は少し落ち着かない気分になった。

「えっと、どうも」

そんな様子の亮を見て、恵梨花が思わずといったように噴き出した。

「……なんだよ、恵梨花」

「あはは。だって、こんな落ち着かないというか、殊勝な亮くん初めてだし、そんな口調を使ってるとこも初めて見たし」

「いや、俺だって初めて会う大人の人、それも恵梨花のお母さん相手なんだし、丁寧語ぐらい使うぞ？」

「あ、そういえば、私と初めて会った時なんかは敬語か丁寧語かわからないような感じで話してたっけ」

「だろ？　大体学校の女子とは丁寧に話してるはずだ」

「すっごい距離感じるけどね。私もそうだったなー」

「いや……それは仕方ねえだろ」

「ふーん、仕方ないかー、私すっごく勇気出して声かけたのになー」

からかうような感情もこもったジト目を向けられて、亮は少々怯んでしまった。

「いや、んな前のこと言われてもな……あれは、やっぱり仕方ねえだろ……」

「あー、また仕方ないって言ったー」

大げさなほどに目を丸くする恵梨花に、どうしたもんかと亮が頭を掻くと、恵梨花とは別方向から再び噴き出す音が聞こえた。

「あっはっは。もう、なんなのあなた達。私の存在忘れて、いちゃついてるのか痴話喧嘩なのかわかんないようなこと始めて……ふふっ」

「あっ」

亮と恵梨花が同時にハッとなり、二人揃って顔を赤くする。

「ふふ、取り敢えず仲がいいことがわかってよかったわ」

からかうようにそう言われ、亮と恵梨花はこれまた二人揃って、お互いからゆっくり視線を逸らす。

「えーっと……ああ、そうだ」

誤魔化すように口を開いたところで、亮はふと思い出して椅子から立った。

「そういえば、自己紹介がまだでした、すみません。桜木亮と言います」

「ふふっ、そういえばそうだったわね。はい、恵梨花の母で、藤本華恵《かえ》です。娘がいつもお世話になってます」

「いや……ああ、いえ、世話になってるのはどう考えても俺の方だと……ええと、それと――」

と言いながら亮は恵梨花へと目を向けると、その意味することがわかった恵梨花も立ち上がった。

「恵梨花と、いや、お嬢さんと付き合わさせて……？　もらってます？」

「ええと……お母さん、そういうことなんだけど……え、どうして亮くん疑問形なの？」

「いや、なんだ、どう言ったらいいのかわからなくなってきてな……」

「もー亮くんってば、やっぱり変なとこで抜けてるね」

笑ってペシペシと叩いてくる恵梨花。

最近、どこか抜けてるとしょっちゅう言われ、解《げ》せぬと眉を寄せる亮。

「うーん、これは……お父さんとお兄ちゃんがいたら確かに不味いわね」

二人を見て同じように眉を寄せて、そんなことを呟く華恵。

「まあ、今更気にしても仕方ないわね。二人共座りなさいな。飲み物は何が……そういえば、お昼一緒に済ませてきたばかりなのよね？　冷たい麦茶がいいかしら」

「あ、うん。さっき駅前のマルキーでコーヒーと紅茶飲んだから」

マルキーとは、亮と恵梨花がお昼を済ませてきたイタリアンの店名である。

「そう……はい、どうぞ」

「ありがとうございます、いただきます」

色々あって喉の渇きを覚えていた亮は礼を告げると、早速コップを傾けて一気に半分以上を喉に流した。

するとすかさず、恵梨花が華恵から麦茶のピッチャーを受け取って、亮のコップに麦茶を注ぎ足す。

「ああ、ありがと」

「うん」

ニコッと微笑む恵梨花。

エコバッグの中身をしまい終えた華恵が、そんな二人を見て苦笑を浮かべながら、亮と恵梨花の対面に腰かけた。

「今日は暑いものね。遠慮せずにね、亮くん——あ、もう呼んでしまってるけど、このままハナと同じように亮くんと呼んでもいいかしら？」

「ああ、はい、それは構いませんが……ええと」

亮が自分はどう呼ぼうかと口ごもったところで、華恵が悪戯っぽく笑う。

「お義母《かあ》さん——で、いいのよ？」

その声の響きの意味するところを亮はなんとなく察した。

「……じゃあ、お母さんで」

亮は亡き母を『母さん』と呼んでいたので、この呼び方でもそれほど抵抗はない。

普通なら『おばさん』と呼ぶのが正しいのかもしれない。

実際、友人の母親のことはそう呼んでいる。しかし、目の前の美女にそれは躊躇《ためら》われた。

「ふふっ、いいわよ」

「ところで、一つ聞いても？」

「何かしら？」

「どうして、恵梨花をハナと呼んでるんですか？　おっさん——ええと、タケちゃんだっけか？」

「ふふっ、うん。タケちゃんね。タケちゃんも私のことハナって呼ぶね」

「あら、剛《つよし》くんとも知り合いなのね？」

亮は覚えちゃいないが、亮がおっさんと呼ぶ恵梨花の幼馴染であり剣道部主将の彼の名前は、郷田剛である。

「ええ、まあ」

「あの子と知り合った切っ掛けとか色々気になるところだけど……何故ハナと呼ぶかって？」

「はい、恵梨花で三文字で呼びやすいのになんでかって、前から気になってて」

「ふふっ、確かにそうね。別に秘密でもなんでもないから構わないけど、ハナには聞かなかったの？」

「なんか梓が家に来るまで黙っとけって言うから。家に行けばわかるんだしって言うし……なんとなく、私から言いにくかったのもあるけど」

恵梨花が答えると、華恵は微苦笑を浮かべながら軽く首を横に振る。

そういった華恵のふとした仕草に時折、すごく恵梨花を感じさせるものがあり、亮は無意識に目がいってしまい、その都度ドギマギさせられる——正確には恵梨花が母に似たのだろうが。

（落ち着け、母親だから。人妻だから）

自分に言い聞かせていると、ふと玄関の方から小さな音が聞こえた。

「そうね、なんでハナって呼んでるのかというと——」

華恵が答えようとしたところで、亮は玄関の方へと首を動かす。

「亮くん？　どうしたの？」

そんな亮の突然の動きに気づいた恵梨花が問いかける。華恵も小首を傾げている。

「いや、誰か帰ってきたんじゃないか？　玄関から音が……」

「えっ？　よく聞こえたね。じゃあ、ユキ姉かな？　……あれ？　早くない？」

「そうね、早いわね」

時計を確認しながら相槌を打つ華恵。

「？　……早いかどうかはわかんねえけど……」

「けど？」

「二人いるみたいだぞ？」

気配から一人でないことはすぐわかっていたが、近くなったことで人数がわかった亮の言葉に、恵梨花と華恵が同時にハッとする。

「まさか——」

どこか焦った様子で顔を見合わせる母娘を、亮が疑問に思っていると、その理由がわかった。

（この足音って……男だよな。男二人？　…………！）

思わず引き攣る亮の頬。

「マジか……」

そしてリビングへの扉が開かれる。

「ただいまー。いやあ、家の前でたまたま父さんと会ってさ」

「……今、戻った」

亮にはアンタッチャブルな二人、藤本家の父と兄が帰ってきたのである。

◇◆◇◆◇◆◇

「お、お父さん、お兄ちゃん！　なんで!?　仕事は!?　部活は!?」

「そうよ、どうしたのよ二人共」

思わず立ち上がった恵梨花が、父と兄に焦燥《しょうそう》そのものな声で尋ねると、華恵も続けて問いかける。

「ああ、それが今日は休みだってことを向かってる途中で知ってな、引き返してきたんだ」

「……仕事が早く片付いただけだ」

兄と父の答えに、恵梨花が「ええっ……」と声を漏らすと、問うように華恵へ視線を向けた。

華恵は夫と息子に怪訝な表情を向けた後、娘へ黙って首を横に振る。知らなかった、と。

「な、なんで今日に限ってそんな……」

父と兄に聞こえない声で、恵梨花がボソッと呟くのが聞こえ、亮は内心で大きく首を縦に振って同意した。

（本当になんで今日……？　……いや、そもそもこれ本当に偶然なのか？）

一回そう考え始めると、どうにも作為的なものを感じずにはいられない。

（まあ、それよりも、この直近の問題だな……）

父と兄から刺すような視線を向けられていることや、今これからのことが肝要だ。

「そんなに驚かなくても、仕事が予定より早く終わるなんて、今日に限った話ではないではないか、ハナ」

「そ、そうかもしれないけど……」

父の言葉に恵梨花がそう返しながらチラッと亮を見ると、父と兄の目が改めて亮へ向かう。

「それで、君は……？」

父の一見は穏やかな問いかけに、亮はすぐさま椅子から立ち上がった。

「失礼しました……初めまして、桜木亮と言います。恵梨花――お嬢さんとお付き合いさせてもらってます」

本日本当に間の空いてない二度目の挨拶だったため、スムーズにやれた方であろう。そのことだけはよかったと思えた。

だんだんと不機嫌な気配を発する――亮が恵梨花と名前呼びした時は特に――父と兄を前に、亮は冷や汗が背中を伝うのを感じた。

実際、この状況をどうしたらよいのかなんてわからないし、似たような経験など持ち合わせておらず、もちろん碌《ろく》に想定もしていなかったため、滅多にないほど緊張していた。

それも無理はない。

ここで亮が唯一自信を持つ身体能力や格闘技能など、なんの役にも立たないのだ。

対面しているのは『敵』ではないのだから。物理的に戦うなんてことはもっての外だ。

このような場において、亮は本当にただの高校生でしかない。

「君が……か。娘が世話になっているようだね、わかっていると思うが、ハナの父だ」

その場で頷く父を、亮は改めて眺める。

話に聞いていた通り頑固そうで、眼光鋭く意志の強そうな容貌だ。妻の華恵と比べて平凡に見えてしまうが、そこは妻が規格外の美しさだからだろう。

実際、並んで立っていてもそれほど見劣りせず、渋い役どころの俳優をやっていてもおかしくないような存在感がある。

「おま――君がハナの彼氏の『亮くん』か。ハナの兄の純貴だ。初めまして」

その場で突っ立っている父に対し、兄の純貴は亮へ近づいて、握手のためだろう、右手を差し出してきた。

笑顔だったためか、母娘が意表を突かれたように目を丸くしている。

そんな二人を横目に亮も一歩前へ出る。

（……美男子、だな。すげぇモテそう……いや、モテるんだろうな）

兄の純貴は、母と父の遺伝子を上手い具合に受け継いだようだ。

母の遺伝子が強ければイケメンな優男、父の遺伝子が強ければ普通の男前になりそうなのだが、ミラクル配合が起こったのだろう。

華恵の美しさと父の渋さが絶妙に混ざって、簡潔に表現するならば『綺麗な男前』といったところか。

アイドルとしても俳優としても抜群に活躍しそうな、見事な美形である。加えて背も高い。

その顔で微笑みでも浮かべれば、それだけで数々の女性を騒がせることは間違いない。

男でも、性的な意味ではなく、つい目が引き寄せられるかもしれない。

そう、笑顔であれば――。

（目が全然笑ってねぇんだよな……）

亮のすぐ目の前に立つ純貴は、実に見事な目だけが笑ってない笑顔で、亮に手を差し出している。

ともあれ無視する訳にもいかない。

「……初めまして、桜木亮です」

亮は会釈《えしゃく》しながら純貴の手を握った。

――ギュウッ。

（……やっぱりか）

予想してた通りに強く握られた。むしろ、してこない方が驚いたかもしれない。

なので亮は握り潰されない程度の、つまりは純貴と同程度の力を込めて対抗する。

一見力を込めていないような握手だったため、幸いなのかどうかは不明だがそんなやり取りに母娘は気づかなかった。

「ははっ、せっかく来たんだ。今日はゆっくりしていきなよ」

純貴はそう言って反対の手で亮の肩を叩きながら、ごく自然な動きで手を放した。

握力で対抗されたことをまるで気にしていないように見えて、亮は内心首を傾げる。手を放す際に軽く睨まれるぐらいは予想していたためだ。

（……もしかして、無意識にあの力か？）

だとすれば相当な腕力だろうが、亮の勘は違うと言っている。

（恐らく……）

亮は恵梨花をチラッと見た。

「……ん？　……どうかしたの？」

「……いや、なんでもない」

（妹への）可愛さ余って（その彼氏に）憎さ万倍、といったところだろう。

内心煮えたぎっているために、本当に無意識に握力が振り絞られたのではないか。

推測の域を出ないが、これが正解だと亮は確信してしまった。

（……いや、本当、どれだけだよ）

大きなため息が出そうになるのを、亮は既《すんで》のところで堪えた。

兎も角も、妹の彼氏と超シスコン兄の、一見穏やかな握手は、荒れることなく終わったのである。

そのため、母娘はホッとした様子である。だが同時に訝《いぶか》しんでいるようにも見える。予想外に過ぎる、と。

「さあ、こうして立っているのもなんだ、掛けなさい」

父がそう促すが、恵梨花は気が進まないようで、反射的に口を開いた。

「あ！　お父さん、私達これから、えっと……私の部屋に行こうとしてて……」

この場から亮を逃すためなのだろう、内容もそう不自然なことではない。

華恵との会話が終わってしまうのは惜しいが、亮に異論はない。むしろ諸手を挙げて賛成の意を表明したいぐらいだ。

しかし、そんな恵梨花の言葉に、父と兄は同時に口を開いた。

「ダメだ」

「なっ、なんで……」

「嫁入り前の娘が、付き合っているとは言え、男と二人きりで部屋になんてとんでもないことだ」

「ハナ、いつも言ってるだろう。男は皆狼なんだ、特にお前みたいに信じられないほど可愛くてスタイルもいい子と部屋で二人っきりなんて……襲ってくださいと言ってるようなもんだぞ！」

父と兄は至って真剣な顔をしている。特に兄は鬼気迫っていた。

二人の剣幕に恵梨花は目を白黒とさせている。

「お、襲うってそんな何言って……亮くんは彼氏だって――」

「だからダメなんだろう！」

「だからダメなんじゃないか！」

父と兄の息はピッタリだった。

（……これは何を言っても反対されるやつだな）

横目で華恵を窺うと、額に手を当てて首を横に振っている。

どうしようもない、ということなのだろう。

「……それに折角ハナがうちに連れてきて、こうして顔を合わせたのだからな。少しは話をしてみたい。早々に部屋へ行こうとせずともいいではないか。なあ、純貴？」

「ああ、父さんの言う通り、俺も少し話してみたいな。なあ、ハナ、折角だから兄ちゃんに、ハナの自慢の彼氏を紹介してくれないか？」

父と兄は一転して穏やかに恵梨花へそう告げる。

二人の提案は至極まともだ。そのため、恵梨花は断るための理由を見つけられないでいる。

「えっと……でも……」

父と兄の二人と亮を交互に見やる恵梨花は、心底困った様子である。

二人の態度が予想外というのもあるのだろう。

(内心はどうあれ、な……)

気配に敏《さと》い亮は、これでもかというほど二人からの敵意を感じている。兄のそれは、殺気まで交じっている気がしないでもない。

恵梨花へ向けられる目だけは優しいから、彼女には気づきにくいのだろう。

特に純貴などは話に聞いていた限り、今のように繕うこともしないと思っていたぐらいなので、恵梨花には一層不思議で仕方がないのではないか。

「何も取って食おうという訳ではない、ハナ」

「そうそう、ちょっと話してみたいだけ……ハナだって、俺と桜木くんが仲良くなったら嬉しいだろ？」

「そ、それはそうだけど……」

恵梨花が目でどうしようと亮へ問いかけるが、亮もよい考えが思いつかない。

(っていうよりも、こんな風に迫られたらもう詰んでるようなもんか……いや、二人がいきなり帰ってきた時点で既にって感じか……)

亮は諦めのこもった苦笑を恵梨花に向けた。

「はは、折角こう言ってくれてるしな。このままお父さん、お兄さんと――」

そして、亮が父と兄に応える姿勢を見せると――。

「君にお義父《とう》さんと言われる筋合いはない」

「君にお義兄《にい》さんと言われる筋合いはない」

初っ端からこれである。だが、ここでようやく二人の心の内が表に出たと言える。

一瞬、静まり返る藤本家。

「お父さん……？　お兄ちゃん……？」

恵梨花に冷たい目を向けられ、二人は少し怯んだように視線を逸らした。

「あなた……？　純貴……？」

追撃するように華恵からも睨まれて、二人はタジタジになりながら、誤魔化すように咳払いをする。

亮は仕切り直しの意味を込めて、ゴホンと咳払いした。

「では、えっと……親父《おやじ》さんと、兄《あに》さん、で」

亮がそう提案すると、恵梨花と華恵が男二人を強く睨みつけた。「あなた達わかってるでしょうね？」という声が聞こえたような気がした。

「う、うむ……それで構わん」

「ま、まあ、いいんじゃないかな？」

本当に納得しているかはわからないが、とりあえずは先の呼称で落ち着いたようだ。

「そう……それじゃ、いつまでもお客様を立たせたままというのはダメね。亮くん、座ってちょうだい？」

お客様という箇所を強調して言ったのは、父と兄への牽制なのだろう。

華恵の言葉に従って、亮が椅子に座り直すと、恵梨花も諦めたようにため息を吐きながら座る。

そして華恵は一旦迷う素ぶりを見せると、亮と恵梨花の対面に当たる席から一つ横にずれて腰かけた。

父と兄に、亮と恵梨花の正面の席を譲ったのだろう。

流れ的に間違ってはいないのだろうが、余りありがたいことではなかった。

そしてそのまま、父は亮の正面に、兄はその隣である恵梨花の正面の位置に腰かけた。

「ん……？」

父の歩く動き、椅子に座る時のぎこちなさを見て、亮は眉をひそめた。

「……どうしたの？」

亮の様子に気づいた恵梨花がコソッと問いかけてくる。

「ああ……いや、なんでもねえ」

言おうかと思ったが、そういう空気でもなかったので、やめておくことにする。

(腰……けっこうヤバいな、あれ)

今でもかなり痛んでいる筈だが、まったく顔に出していないところは大したものだと素直に思う。

亮によれば、今日明日でどうという訳ではないが、一週間も放っておけば不味いことになりそうだという見立てだ——それも、安静にしていてもの話である。つまりは、何かが切っ掛けとなって一気に悪化する可能性も大いにあるということだ。

（帰る時に恵梨花に言っておくか……）

いくら自分のことを気に食わないと思っていようが、恵梨花の、大切な女の子の父親だ。見て見ぬ振りは流石に出来ない。

ともあれ、今は恵梨花の父の腰を気にする時間ではなく、父そのものを相手にしなければいけない時間だ。

亮は視線を上げ、こちらを厳しく鋭い目でジッと見つめてくる二人を視界に入れた。

（これは……面接の気分だな）

だが、こうなったらもう逃げられんと、亮は腹を括った。少なくとも恵梨花と華恵は味方なのだ。それで十分である。

開き直りに近いが、ここでようやく亮の緊張感は薄れてきた。

（まあ、なるようにしかならん。何か失敗しても死ぬ訳じゃねえし）

当たり前のことを意識することで、より薄れる緊張。そして軽く感じてくる体。

最後に一つ、体に残っている重いものを出すように一息吐くと、更に体が軽くなったことを意識した。

（……いや、どれだけ緊張してたんだよ、俺は）

思わず苦笑が零れると、目敏く恵梨花の父が気づいて指摘してきた。

「どうした？　何かおかしなことでもあったのかね？」

「ああ、いえ、なんでもないですよ……さっき仕事が早く片付いたって聞きましたけど、土曜もいつも仕事で遅いんですか？」

軽い調子で亮から話を振ると、意表を突かれたようで、父だけでなく純貴も華恵も恵梨花までもが目を丸くしている。だが、恵梨花だけは、その後ホッとしたように苦笑を浮かべた。

亮の緊張が薄れ、普段の調子が戻ってきたことに気づいたのだろう。

「あ、ああ……いや、いつもという訳でもない。休みの方が多い。最近は特に忙しかったから続いてはいるが……」

「そうなんですか、大変ですね。土曜も仕事なんて……」

そう言って亮は麦茶を手に取って喉を潤《うるお》すと、僅かに残っていた、無駄にあった緊張が消えたような気がした。これはまったく緊張していないというのではなく、必要以上にしていた緊張がなくなったということである。

隣にいるためか、亮の体から力が抜けてきたことに気づいた様子の恵梨花も、つられたのか落ち着いたようで、クスリと笑みを零した。

「そう言ってる亮くんだって、土曜はよく忙しそうにしてたじゃない？」

「んー、でも最近はそうでもねえと思うけどな？」

「うん、知ってる。私と付き合ってから空けるようにしてくれたんだよね？」

「まあ、そうだな」

実際その通りで、そのようなことを恵梨花に言った覚えもある。

「ふふっ、ありがたく思ってるよ？」

「そう言ってくれると、休む甲斐もあるな。というか最近気づいたんだけど、俺って働き過ぎだよな？」

「えっ、今更……？　もう、亮くんったら」

そうやってペシペシと亮を叩いて笑い合う二人に、父と純貴はポカンとしている。華恵は俯いて肩を震わせている。

緊張の抜け過ぎも考えものだという典型ではないだろうか。

「ウオッホン……ど、どうやら娘とは仲良くやっているようだな」

「は、はは、本当に仲がいいみたいだね」

父と純貴が引き攣った顔をして、二人の意識を自分達に向けようとする。

亮と恵梨花はハッとしてから、向かいの二人へ視線を戻す。

見ると父は歯軋《ぎし》りをしかねない形相で、純貴など引き攣った笑顔でありながら、亮を睨み殺さんばかりの目つきという器用なことをしている。

流石にこれは不味いなと、亮は再びの咳払いをしてから返した。

「えっと、そうですね。仲良くさせてもらってます」

「亮くん、いつも面白いんだもん」

いや、普通だろと恵梨花に言い返したいところであったが、それをするとまたループに陥りそうな気がして控えると、純貴が力を振り絞るように口を開く。

「そ、そうか、そういえばハナが、桜木くんのことを話す時はいつも楽しそうだったしな」

「うん。亮くんっていつも否定するけど、どこか抜けてるんだよね……それがおかしくて」

ここも否定することは控えて、亮は純貴の反応を見ることにした。

恵梨花が楽しそうに笑顔になるのに比例して、純貴の敵意がどんどんと強くなってくる。

「そうか……そういえば、二人はいつ別れ――いつから付き合ってるんだったっけ？」

兄の言い間違いを誰も突っ込みはしなかったが、恵梨花と華恵の目が冷たくなった。

（……いや、どんな言い間違いだよ）

「……先月からだよ。もう一ヶ月経ったってとこ」

一ヶ月記念と恵梨花がはしゃいで、帰りにゲーセンで写真を撮ったのは記憶に新しい。

「も、もう一ヶ月か……っじ、時間が経つのは、速いもんだな」

途中で純貴は歯を食いしばっていた。まるで血を吐きそうになるのを耐える様子だった。

「うん、その時も亮くんに話したけど、付き合ってからは本当に時間が経つの速く感じる。ね、亮くん」

「……そうだな。速いもんだよな」

特に亮の場合、学校生活で注目を浴びるようになったり、年上に絡まれたり、郷田に絡まれたり、最近では八木達にも絡まれ――と、騒動が起きまくって、本当に時間が経つのを速く感じていた。

「この調子だと気づいたら半年、一年、十年って経ってそうだよね」

「まあ、そうなるんだろうな」

時間とはそういうものなのだろう。

深く考えずに頷いた亮は、純貴から今日一番の殺意を感じた。

（いや、なんだ急に……）

考えたところでわからず、内心で首を傾げながら、純貴のそれには気づかない振りをした。

「ぐっ……と、ところで二人共、距離が近いんじゃないか？　いくら仲がいいと言っても……な？

桜木くん、殺――ちょっと離れた方がいいんじゃないかな？」

色々と無理した笑顔でにこやかに告げてきた純貴だが、亮は再びの言い間違いを聞き逃していなかった。

華恵と恵梨花も聞こえたようで盛大に顔をしかめているが、一応は言い直したためか、亮と同じく聞かなかったことにするようだ。

（……なんか、だんだん体裁を繕えなくなってきたな）

ともあれ、指摘された距離を亮と恵梨花は改めて確認するが、別に肩がくっついているわけでもなく、言われるほどのものではないように思える。

純貴と父との距離に比べたら確かに狭いかもしれないが、その程度だ。

「別に……そんなにくっついてなんて、ないと思うけど……？」

恵梨花がそう言うも、兄は頑なに首を横に振る。

「いいや、そんなことはない。少し空けるんだ」

純貴の先ほどからの言い間違いや、その言い分に恵梨花はムッとしたようで、眉をひそめた。

「そんなこと言っても、今日はここに来るまで、こんなだったんだよ？」

言いながら恵梨花は意趣返しのつもりだろう、駅から家まで歩いてきた時のように亮の腕に抱きついた。

「なっ――馬鹿、何をしてるんだ！　おい、お前もいつまで人の妹とくっついてるんだ！　さっさと離れろ!!」

亮は、純貴の後ろに鬼の幻が見えた。

流石にこれは挑発が過ぎると、恵梨花を窘《たしな》めようとするが、それは両親の方が早かった。

「ハナ、はしたないから離れなさい」

「そうよ、ハナ。流石にそれはどうかと思うわよ。亮くんも困ってるみたいだし、離れなさい」

「……はーい」

華恵にまで言われたためか、恵梨花はすぐ亮の腕を放した。

「――それと、純貴？」

華恵が静かに呼びかける。

「……なに、母さん？」

「お客様に失礼のないように、ね？」

「……わかってるよ。すまなかったね、桜木くん。ちょっと取り乱してしまった」

「いえ、気にしてませんので……」

純貴は相も変わらず目だけが笑っていない笑顔だったが、それを気にしても無意味だろう。

そして純貴の超シスコンぶりがよくわかった。いや、垣間見ただけなのかもしれないが、そのあたりを深く考えても仕方ない。

ともあれ、純貴の前では恵梨花との接触を気をつけなければならないなと、亮は再認識した。

「ふむ……ハナ、人前でさっきのような真似は控えるようにな」

純貴をチラッと見ながらの父の言葉だからか、恵梨花は反論することなく頷いた。

「さて、二人の仲がいいことはよくわかったが……そうだな、桜木くんの学校でのことなど――いや、その前に、さっき桜木くんは何か忙しいようなことを言っていたが、バイトだろうか、どのようなことをしているか聞いても？」

こちらも相変わらず、鋭い目を向けてくる恵梨花の父だが、声はそれほどでもなく落ち着いた感じである。

「俺のバイトですか……？」

突然の質問に、今度は亮が意表を突かれた気分であった。

「うむ、差し支えなければな、是非とも聞いておきたいところだ」

「構いませんけど……ええと、俺の家は昔から道場をやっていて」

「ふむ……確かハナがそんなことを言っていたな」

「うん、聞いてたんだ？　お父さん」

「うむ……それで道場で？」

「ええ、主にその道場が関係していて……そうですね、子供の練習を見たりなんかしてます」

嘘は言っていない。亮の仕事の内の一つで、本当のことである。

「ほう……近所の子供が通ってきているのかね？」

「ええ。けっこう評判いいんですよ？　うちに通えば、いじめられなくなるって。小学校や中学校に入る前の子供がお母さんに連れられてきて、練習している内に同級生同士で仲良くなったり、同じ学校の年上の知り合いが出来たりという、いつの間にかいい循環が出来てるみたいで……だから、けっこうな数の子供が通ってます」

亮が話すと、父と華恵が本気で感心した顔となった。

「それは大したものだ」

「まあ、すごいじゃない」

「はは、どうも」

「本当にすごい、亮くん！　子供の指導なんかもしてたんだ！」

「……何故、ハナが驚く？」

「ええっと……私も詳しくは聞いてなかったから。えへへ」

恵梨花は亮が大人相手に指導していることは聞いていたが、子供相手もというのは実は初耳だったりする。

そんな恵梨花の誤魔化し笑いに、父の頬が盛大に緩んだ。

「む、むう、まあいいか……」

そしてキリリと元の表情に戻ると、それを亮へ向ける。

「ふむ、子供の指導を担当するというのなら、やはりそれなりに腕が立つのだな？」

「へ……？　え、ええ、まあ、それなりに立ってるかと」

亮が答えると、隣から小さく噴き出す音が聞こえた。横目で見ると、恵梨花が俯いて、肩を震わせている。

「そ、それなりって、亮くん……ぷふっ」

何やらツボに入ったみたいで、父が訝しんでいる。

「どうした、ハナ」

「ふふっ、んーん、別に。亮くんってすごく強いんだよ？」

「ふむ、それは……試合を見たりしたのかね？」

「えっ？　……あ、う、うん。そうだよ？」

喧嘩を何度も見たとは言えまい。

「ふむ……私も見てみたいものだな」

そう言ってジッと見てくる父に、亮は深く考えずに頷いた。

「ええっと……じゃあ、機会があれば」

言った瞬間に、父と純貴の気配が獰猛《どうもう》に変わった。

「うむ、言ったな？　では見せてもらおう——純貴」

「よし、準備してくるよ」

父がニヤリとし、純貴は席を立って速やかにリビングから出ていった。

「は……？」

呆気にとられたのは亮だけでなく、恵梨花と華恵もだ。

「ちょ、ちょっと、お父さん、何？　どういうこと⁉」

「何を考えてるの、あなた。純貴はなんの準備をしに行ったの？」

二人の詰問に、父はなんということもないように答えた。

「話は聞いていただろう？　機会があれば見せてくれると言ったのは桜木くんだ。ならば純貴との試合を見せてもらおうと思っただけのこと」

「な、何言ってんのよ、お父さん⁉　じゃ、じゃあ、お兄ちゃんは――」

「着替えて試合の準備をしているのだろう」

「あなた……もしかして、最初からこれを狙って？　二人して急に帰ってきたからおかしいとは思っていたけど……」

妻からの静かな問いかけに、夫は目を逸らしながら答えた。

「さ、さっきも言ったが、純貴とはたまたま外で会っただけだ」

「そう？　にしては、まるで打ち合わせしてたみたいに、流れるように純貴が動いてたけど」

「本当にそうだったよ！　お父さんとお兄ちゃん、予定がなくなったなんて嘘なんでしょ⁉　なんで今日亮くんが来ること知ってたの⁉」

「た、たまたまだと言っているだろう」

「嘘だ！　絶対に嘘だ！」

「……お父さんの言うことが信じられないのかね？」

キリッとした顔で尋ねる父に、恵梨花は全力で首を横に振る。

「信じられる訳ないでしょ！」

「そうね、とても信じられないわ……でも、どうして知られたのかしら……ユキが言うはずはないし……」

華恵が疑問を口にすると、恵梨花がハッとなった。

「ツキだ！　あの時、やっぱりツキが聞いてたんだよ、お母さん！」

「ああ、その可能性は……非常に高そうね。まったく、あの子は……」

華恵が痛ましげに額へ手をやった後、夫を睨んだ。

「させませんからね、あなた。今日初めて来てくれたお客様にそんなこと許しませんからね……それも、よりにもよって純貴を相手にだなんて」

「……見せてくれると言ったのは桜木くんだ」

「そう誘導したのはあなたでしょう!?」

「そうかもしれん……が、言わせた訳ではない。それに――」

「それに？　何かしら？」

「ハナと付き合うというのなら、ハナが惹きつけてしまう男の相手もしなければならないだろう。その時、いざという時に、そんな連中から彼がハナを守れるのか……それを知らなければならん」

（……なるほど）

父のその言い分に、亮は理解を示した。

恵梨花と出会った時のこと、デートした時のこと、それに泉座へ行った時もギャング達は恵梨花を見て目の色を変えていた。

父が恵梨花のお相手の強さを知りたい理由は、わからないでもなかった。

（だからと言ってな……）

この急展開に亮は天を仰ぎたい気持ちであった。

「そうは言っても、こんな騙し討ちのようなやり方、私は納得出来ないわ」

華恵はあくまでも反対の立場をとってくれている。が、時間が経つほどに機嫌が悪くなる一方だ。

それは恵梨花も同じようで、母と似た表情でプンスカしている。

「準備出来た。桜木くんの靴もこっちに持ってきたから、さあ、やろうか」

庭へ通じる窓の外から、下は道着の下穿きで上はTシャツといった軽い格好で準備万端の純貴が呼びかけてきた。

「お兄ちゃん！　いきなりこんなことしていいと思ってんの!?」

恵梨花が純貴へ向かって足を進めると、父も無言で、しかし腰が悪いためだろう、どこかぎこちなく後を追う。

「見せていいと言ったのは桜木くんなんだから、いいじゃないか」

「それでも、こんな急にしていいことじゃないぐらい、わかるでしょ!?」

「さて、それは人によって解釈が違うんじゃないかな？」

「もう！　そんなこと言って……じゃあ、わかった。明日から一週間、お兄ちゃんと口きかないから」

「なっ――!?」

その時の純貴の顔に表れた絶望の深さは、筆舌に尽くし難い。

「くっ、ぐ……なんてことだ……だが、今回ばかりは譲らん！」

「えっ、そんな――!?」

恵梨花が絶句して驚いている。

さっきの言葉は恐らく恵梨花にとって、純貴への必殺の一撃だったのだろう。

「ハナよ、世界一可愛いと言っても過言ではない妹よ……兄というものには、一生の内にどうしても譲れないことがある。今回がそうだ、覚えておけ」

格好いいことを言っているような顔をしているが、内実がわかっていると非常にくだらない。

「ちょっと、純貴！　あなた、そんなことを言って――」

華恵が怒りを露《あら》わに声を上げたところで、亮が割って入る。

「あー、お母さん。もういいですよ。受けましょう、この試合……試合？　を」

自分が切っ掛けで、藤本家の家族に喧嘩などしてもらいたくないため、亮は受諾した。

「ちょっと、亮くん――？」

華恵が戸惑いの目で亮を見る中、純貴が叫んだ。

「よし！　それでこそ、男だ！　着替えるなら、ジャージを貸してやるぞ！　どうする!?」

「や、このままでいいですよ」

純貴からの提案をやんわり断って、亮が立ち上がると、華恵が小声で言ってきた。

「亮くん、やめておきなさい。お父さんがさっき言ったことは本心でしょうけど、純貴はこれにかこつけてあなたを殴りたいだけかもしれない……いえ、きっとそうだから、やめておきなさい」

「はは……俺もそうなんじゃないかと思ってたんですが、やはりですか」

「わかってたんなら何故……？　純貴はあの通り度《ど》し難いシスコンだけど、空手の実力は確かなのよ？」

「みたいですね」

「わかるの？　あれでも大学の県大会で優勝して、全国大会にまで行ってるのよ？　やめておいた方がいいわ」

「へえ……そりゃあ、大したもんですね」

「……もしかして、信じられないのだけど、けっこう余裕だったりするのかしら？」

「んー、どうでしょう……それより、気になるのが……」

「……何かしら？」

（実力差がわからないレベルでもないだろうに、なんでだろうな……それだけ恵梨花と付き合ってる俺に腹が立ってるってことか……？）

華恵の疑問に対し、口にせず内心で一人ごつと、亮は首を横に振った。

「いえ……なんでもないです」

「？　そう……本当にやるのね？　大丈夫？」

「ここでやめると言っても、もう無理でしょうし……大丈夫ですよ。兄《あに》さんに怪我はさせませんよ」

「え……？　違うわ、誰もあの馬鹿息子のことなんか心配してないわ。亮くんが大丈夫なのかって言ってるのよ」

亮はその言葉に、パチパチと目を瞬かせた。

「……俺ですか？」

「……そう、なんだけど……どうも大丈夫そうね」

「ええ、大丈夫ですよ」

そう言ってから亮は、恵梨花へと歩みを進める。

「亮くん、ごめんなさい……馬鹿なお兄ちゃんとお父さんで」

心の底から申し訳なさそうな恵梨花に、亮は苦笑を浮かべる。

「まあ、気にするな。それに、これが終われば認めてもらえるってことなんじゃないのか？」

「！　あ、そうだね！　……でも、やっぱりごめんね」

「いいって。恵梨花はこうなるのを避けようとしてくれてたんだし」

「うん……それで、大丈夫？　お兄ちゃん、けっこう長いこと空手やってるんだけど……」

「大丈夫、心配するな。そう大きな怪我はさせねえよ」

「えっと……あ、うん、わかった。でも、そんな気遣わなくていいからね。亮くんだって腹立ってるだろうし、少しぐらいやっちゃっていいよ？　ううん、むしろやっていいから」

恵梨花も相当苛立っているようで、笑っての物言いだったが目が本気だった。

「はは……と、言う訳で——お待たせしました」

引き攣った笑みを恵梨花に返してから、亮は父と純貴へと向き合った。

ちなみに華恵と恵梨花と話していた時は小声だったので、彼らには聞こえていない。

「うむ。では靴はそこにあるので、履いて庭へ」

「はい、どうも」

靴を履いて出ると、玄関前から想像していた以上に庭は広く、軽い組手なら十分な広さだった。

「よし、試合だが、基本は寸止めでやる。だが、万が一があった時のために、この拳《けん》サポをつけておく。これなら当たった時は、多少だがダメージは軽減されるからな」

見ると純貴は既に手に白のサポーターをつけていて、亮に同じものを渡してきた。

「ども……」

「そして、寸止めでいいのが入れば一本とし、二本先取の三本勝負だ。審判は一応父がするが、武道の心得があるなら入れた方、入れられた方がわかるだろうし、自己申告でも問題ないだろう……いいな?」

「そうですね、わかりました」

「それと……さっきも言ったが、寸止めだ。が——」

「……が?」

「君の実力がこちらの想定より低かった場合、手加減に失敗して当たってしまうこともあるかもしれない。そうなった時はすまない」

ちっともすまなそうな顔をしていない純貴に、亮は目に呆れの色が出るのを止められなかった。

「その時は仕方ないですね」

「よし」

頷くと、純貴は亮と間合いを取る。

そこで窓際に立っていた恵梨花が、どこか諦めたようなジト目で父と兄へ声をかけた。

「お父さん、お兄ちゃん……後悔しても知らないからね」

「今更止めるな、ハナ。この後、お前から少しぐらい嫌われることは覚悟の上だ」

それはつまり、亮を怪我させてしまうと言っているのと変わらない。

だが、恵梨花はそうならないことがわかっているので、首を横に振る。

「……そういうことじゃないんだけどね。もう、ツキのせいで滅茶苦茶……」

ため息と共に発された言葉の意味がわかる者はおらず、揃って首を傾げていた。

「……では、準備はいいか？」

純貴の問いかけに、サポーターをつけた亮が答えた。

「いつでも」

そして純貴が父に目をやると、父は頷いた。

「それでは……構えて」

それを合図に、純貴が中段に構えをとると、訝しげに亮を睨んだ。

「……何をしている、構えないか」

「……え？」

腕を下げたままで、ただ立っているだけに見える亮の、その構えの意味がわからないのだろう。

いや、わかっても亮がとれるものとは思っていないだけかもしれない。

「ええと……じゃあ——これで」

説明することの面倒を嫌って、亮は軽く中段での構えをとった。

それを見て小首を傾げている恵梨花の横で、父が純貴へと頷く。

「では——始め！」

第四章　重なるあの子とあの人

「いやあっ！　やめてー！」

雪奈が泣き叫んで抵抗しても、目の前の、首にシルバーのネックレスをぶら下げたギャングは、下卑た笑みを隠しもしなかった。雪奈を組み敷き、ついには彼女が着ている制服を無造作に引きちぎる。

「ひっ……いやあ！　やめて、見ないでー！」

露わになる下着を手で隠そうと抵抗していると、それに苛立ったギャングが手を振り上げて、雪奈の頬を乱暴に叩いた。

「うるっせえんだよ！　おとなしくしねえと、ぶっ殺すぞ⁉」

「痛っ……ふううっ、ぐすっ……誰か……」

頬から伝わるのは痛みだけでなく恐怖もあった。

それらは抵抗する力を奪うのに十分で、雪奈は涙が零れるのにも気づかず、知らず知らずの内に出た声は、誰かに助けを乞うものだった。

「はっ、誰も来る訳ねえだろ……そういや、さっき妙に強い中坊が乱入してきたが、そいつらも虫の息だ……残念でしたああ！」

「っ……！」

男の凶悪で醜悪《しゅうあく》な笑みを突きつけられ、雪奈の体が恐怖で硬直する。

その隙に男が雪奈の両手をとって片手で押さえつけると、舌なめずりして、もう片方の手で雪奈の体をまさぐろうとした。その時だ。

――ッガーン!!

背後から、恐らくはこの古びたライブハウスの入り口の方から、この室内中にとてつもなく大きな音が、いや轟音が響いたのである。

思わず体が竦んだ雪奈だが、首を動かして何が起こったのかを反射的に見ようとした。

雪奈を組み敷いているギャングだけでなく、他のギャングも、そして雪奈と同じ目に遭い、組み敷かれて泣いている他の女の子もだ。

一体、何がと静まり返る中、またそれが起こる。

――ッガーン!!

身構えていても、ビクッと竦んでしまう轟音は、やはり閉じられた入り口から鳴った。

そしてギャング達が顔を見合わせている中で、ついにそれは起こった。

――ドッガーン!!

頑丈《がんじょう》な鉄で出来た扉が蝶番《ちょうつがい》ごと吹き飛んで、部屋の中に勢いよく飛んできたのである。

その飛んできた物騒な扉は、幸いにも付近にいたギャング達にしかぶつからなかった。

「はあ……？」

「おいおい、何事だよ……」

ギャング達が口々に呟いて訝しんでいる。

雪奈も何が起こったのかわからず、成り行きをぼうっと見ているだけになっている。

少しずつザワつき始める中、いささかこの雰囲気にそぐわない声が入り口から聞こえてきた。

「いやー、あんな無造作な蹴り三発で、防音性もかねた頑丈な扉壊すとか、マジですか、若」

「勁《けい》と気の技を使えば一発で済んだでしょうに、何故あんなやり方で？　若」

「タメに時間かかるし、面倒だろ。それにこっちの方が早かっただろ……多分」

見えた人影は三人、声と合わせると男が一人いて、その両脇に背が低めの女がいるようだ。

なおも彼らは話をしながら入り口から歩いてくる。

「はあ……その面倒くさがりは一体どなたに似たのでしょうね」

「きっと師範だよ！　でも、師範なら突き一発で吹き飛ばしたと思うけど！」

「ゴリラ親父と比べんじゃねえよ。体格が違うんだから仕方ねえだろ」

「そうですねえ、若の成長を見ていると、体格は確かにお母上譲りのようですしね」

「じゃあ、若の身長はここでストップってこと？」

「ざけんな、こちとら成長期真っ最中だってのだ……おら、おしゃべりはここまでだ。ゴミが見えてきたぞ」

ここで三人の顔が、光の加減のせいか、朧《おぼろ》げながら見えてきた。

女性の二人は、恐らく双子だろう。

容貌はそっくりだが、対照的な雰囲気に見えた。言うならば、動《どう》と静《せい》の雰囲気か。黒のパンツスーツを着ていて、恐らくだが雪奈より年上だろう。

男は精悍《せいかん》な顔立ちがわかる程度で、服装は緑のジャケットに黒のズボンといったスーツだ。パッと見だが、こちらも年上に思えた。

彼らは揃って顔をしかめて、この部屋の惨状を見ていた。

「これは……ひどいですね」

「本当にここが日本なのか疑っちゃう光景……で、どうすんの、若？　私達、人手が欲しいからって強制的に連れてこられたけど……こいつらやっちゃえばいいの？　てか、ぶっ飛ばしたいんだけど」

「瞬と達也は……生きてるな、あいつらなら放っておいて大丈夫だろ。双子は、まずは女の子の介抱。その後は入り口と、多分あるだろう裏口見張って、一人も逃すな。あとは俺一人でいい――いや、俺一人がいい」

「もう、双子だからってまとめないでくださいって、いつも言ってるじゃないですか。それになんですか、若一人でやるなんて……あ、すごく怒ってるんですね。わかりました、発散してください。私を巻き込まないでください」

「……美麗《みれい》さん呼んでおいた方がよさそうですね。わかりましたが、若、いくらここにいる連中が死んでも仕方ないゴミ畜生同然とは言え、殺してはダメですからね？」

「……別に死んでもいいだろ、こんな連中」

「そうかもしれませんが、こんな連中のせいで若の手が汚れることを嫌だと思う人がいることを、忘れないでください。亡きご両親はもちろん、私達も、他の門下生達も……それに何より美麗さんが泣きますよ。いいんですか？」

「……わかったよ」

舌打ちと共にそう言った男は、入り口から一番近くにいたためだろうか、雪奈の元へと無造作に足を進めてきた。

そこで彼らの、雰囲気にそぐわない落ち着いた会話を呆然と聞いていたギャング達が、ようやく我に返った。

「んだ、てめえらは!?　舐めてんのか、ぶっ殺すぞ!?」

「舐めたことぬかしやがって。男は殺す、女は……けっこう上玉じゃねえか、犯して殺してやる」

ギャング達が騒ぎ始めるが、男は鬱陶しそうにしているだけ。彼が雪奈のもとへ、後一歩というところまで来た時だ。

未だ雪奈に覆い被さっていたギャングが立ち上がろうと、体勢を整えようとしたその瞬間――。

「ごはあっ――!?」

その体が宙に浮き上がった。

視線を動かすと、近づいてきた男が足を蹴り上げていた。

（蹴った……だけ？）

ギャングの体格は決して小さくない。それどころか十分に大きいと言える。少なくとも蹴った男よりは間違いなく、大きかったのだ。

予想した原因と、起こった結果が、雪奈の想像できる範囲と余りにかけ離れていたため、理解が遅れたのである。

そして蹴った男の動きはそこで終わらなかった。

ギャングの体が宙にある中、蹴り上げていた右足を少し下ろすと、落下を始めるギャングに回し蹴りを放ったのである。

「おらあっ――!!」

雪奈は男の気合の声と共に、ギャングの体からメキャボキャと、不吉に何かが折れていく音をハッキリと聞いた。

そして、信じられないことに、ギャングは地面と平行に横へ吹き飛び、何人かのギャングを巻き込んで壁に激突したのである。

「うわー……今の何本折れた？　内臓ボロボロになってんじゃ……死んでんじゃないの？」

動《どう》な女が引き攣ったように呟くと、静《せい》の女がジッと蹴られたギャングを見据えて言った。

「大丈夫……ギリ生きてます。流石は若、絶妙な手加減です」

「え、ええー……？」

「死ななきゃいいんだろ、死ななきゃ」

男が双子に向かって言い、視線を下ろすと、ポカンと見上げていた雪奈と目が合った。

男は雪奈の殴られた頬に気づいたのだろう、痛ましげに目を細めてから視線をずらすと、何故か頬を赤くして、あさっての方向へと視線を再度ずらした。

何故だろうと、雪奈が先ほど男が見ていた先へ目を動かすと、そこには露わになった自分の胸部を覆う下着が――。

「ああっ――」

雪奈は急いで体を起こして、胸元を隠した。

そしてふと気づく。恐怖がいつのまにか失せていることに。

周りを見渡せば、信じられないことに双子の女性が淡々と作業するように、他の女の子を組み敷いていたギャング達を殴っては投げ飛ばし、蹴っては投げ飛ばしと、大立ち回りを演じている。

（――助かる？）

いや、もう助かったのだと、雪奈は直感的にわかった。

「――すまなかった」

そして肩にかけられたのは、男が着ていた緑のジャケットである。

服を破られ半裸状態になっているのを気にかけてくれたようだ。

物理的にも精神的にも雪奈を温めるその温もりは、何者からも守ってくれるように思え、思わず涙が出そうになった。

そして男が中腰から立ち上がって、他のギャングの方へと踵を返そうとした時、雪奈は不意に湧き上がった心細さ故か、思わず男の方へ手を伸ばしてしまう。

「あ――」

すると男は立ち止まってくれて、雪奈を見下ろすと一瞬だけ、何故か複雑そうに物悲しそうに顔を歪めた。

でもそれはすぐに消え、安心させるような笑みを浮かべると、手を伸ばして、雪奈の頭をポンッと触ったのである。

「もう、大丈夫だ………遅くなって――ごめんな……」

前半の言葉は自分に向けられたものだとわかった。

だが、後半の言葉は後悔に押し潰されたように低く呟かれ、それは自分とは違う人への言葉を、自分に重ねて向けられたのではないかと雪奈は思った。

「あの――」

何を言おうとして声を発したのかわからない。

わからないが、まずはお礼だけでもと再度、口を開こうとした時には、男は背を向けていて、自分を睨むギャング達と相対していた。

「こいつらが――シルバーか……このゴミ共が……さんを……したのか」

俯きがちに溢れ出た、感情の窺えないその呟きが耳に届いたのは、雪奈だけだろう。

どうしたのだろうと雪奈が見ていると、男は顔を上げ、右手で作った拳を左の掌に打ち付けた。

――パチンッ。

どこか心地よいその音を耳にした瞬間、雪奈の錯覚か、男の背中が大きくなったように見えた。

――ググッ。

それから男は自分の右拳を強く握りしめ、左手はそれを握り潰さんばかりに力を込める。

そして、息を吸って――咆哮《ほうこう》と共に吐いた。

「おああああああああっ――!!」

その獣の如く放たれた咆哮に、後ろにいたのに雪奈は仰《の》け反ってしまう。その際に、自分の体にビリビリビリと何かが走るのを感じた。

そこで、双子の女性が揃ってギョッとした顔になった。

「え、嘘!?　本気モードって、若、この程度の相手に何やってるんですか!?　静《しず》か、美麗さんは!?　いつ来るの!?　私達じゃ、アレが起きたら止められないよ!?」

「もう連絡してます！　巴《ともえ》、女の子は大丈夫でしょうけど全員避難させて！　急いで！　──若！　くれぐれも！　殺さないように!!」

「わかったって──言ってんだろ！」

言葉の途中で、雪奈がふと気づいた時には男は目の前からいなくなっていて、その奥にいたギャング達を、何をどうやったのか四人ほど一斉に吹き飛ばしていた。

それからの男は鬼もかくやといった暴れようで、近くにいるギャング、目についたギャング達を手当たり次第、殴る蹴るで蹴散らしていた。

飛び跳ねる血が床を、壁を、天井を濡らす。よく見れば、たまに歯まで飛んでいた。音もまたすごい。男が動く度に必ずと言っていいほど、骨が砕けたのだとわかる音が響くのである。

「す、すご……」

一瞬にして、地獄のような光景が作られていって、雪奈の喉が無意識にゴクリと鳴る。

鬼面の如き形相で、ギャング達を一人で蹂躙《じゅうりん》している男に、恐怖を覚えないでもない。

それでも心底から怖いと思えないのは、着せてくれたジャケットの温もりのためか、さっき見た目が優しかったからか、それとも──どこか悲しそうに戦っているからか。

「──さあっ、あなたも、こんなとこにいつまでもいたくないでしょう？　私が一緒に行きますので、ここから出ましょう」

助かったと安堵していたせいか、ぼうっと男がギャング達を蹂躙しているのを見ていると、ジャケットを脱いだ静《せい》な女性にそう声をかけられた。

振り返ると、自分と同じように被害に遭っていた女の子が二人、双子の女性の後ろに立ち並んでいる。

二人とも、助けてくれた双子が着ていたジャケットを羽織っている。双子から、かけられたのだろう。

「外には私達が呼んだ応援が車で来て待っています。家に送って差し上げますので、さあ、行きましょう」

伸ばされた手を掴んで立ち上がると、雪奈は家に帰れる安心感と共に浮かんだ疑問を口にする。

「えっ、いいんですか……警察とかは……？」

「問題ありません。車に乗ったら、運転手から連絡先をもらってください。私達の知り合いの女性警察官のものです。話したくない、思い出したくないかもしれませんが、ここにいるクズ共を間違いなくブタ箱へ送るためにもご協力ください」

時折、女性の雰囲気にそぐわないワードが出てきて、そのせいか雪奈は思わず頷いてしまった。

「わ、わかりました……」

「さあ、行きますよ」

女性が出口に向かって歩き出すのにつられて、足を動かす。

「あ、あの、あの人に後で改めてお礼をしたいのですが、名前を、連絡先を、教えてもらえませんか……？」

　雪奈がそう言うと、他の女の子達も同じように声を上げた。が、静《せい》な女性は首を横に振った。

「それは……申し訳ありません。諦めてください。私から、あなた達の感謝の言葉は間違いなく伝えておきますので」

「じゃ、じゃあ、あなたの連絡先は？　名前だけでも……」

「……申し訳ありません。私共のことは、今日のことも含めてお忘れください……縁があればまた会うことも叶いましょう——さあ、行きましょう」

　そこで雪奈は押されるように、開け放たれた出口へと足を向けさせられる。

（待って、彼の顔を——！　もう一度だけでいいから見せて、お願い——！　ゴールドクラッシャーさん——!!）

◇◆◇◆◇◆◇

「——はっ」

　電車の座席で雪奈は文字通り、はっと目を覚ました。

　心臓がバクバクと鳴っているのが聞こえる。

　落ち着くように、雪奈は浅く息を吸っては吐いてを繰り返した。

「大丈夫かい？　随分《ずいぶん》とうなされていたようだけど……？」

隣に座っているおばちゃんが、心配そうに声をかけてくれた。

「――ええ、もう大丈夫です。ご心配おかけしたようで、すみません」

スッと雪奈は頭を下げる。

「いいんだよ。いやあ、あんたえらい別嬪《べっぴん》さんだねえ。ここは女性専用車両だから安心したのかもしれないけど、居眠りする場所には気をつけるんだよ」

「はい――ありがとうございます」

ニコリと雪奈が礼を告げると、電車はちょうど雪奈の降りる駅についたところだった。

「私ここなんで失礼しますね、どうもありがとうございました」

「いいよお、気をつけるんだよ」

にこやかに手を振るおばちゃんにペコリと会釈して、電車を降りる。

ホームから通じる階段を降りながら、雪奈は先ほどまで見ていた夢について考えていた。

（まいったなあ……久しぶりにあの日のこと夢で見たと思ったら、電車の中でだなんて）

いつもは家で見ていた。それこそ事件直後は何度も見ては、深夜に目覚め眠れない夜を過ごしていたのだ。

そして手が無意識に鞄の中を探って、目当てのものがないことに気づいてため息を吐く。

（今日は大学にちょっと顔出すだけで帰るつもりだったから、持ってこなかったんだけど……失敗

だったか）

いつも夢を見た時は、決まってあの緑のジャケットを抱きしめるか羽織るかして、助けてくれた彼に守られる気分を思い出していた。

そうやって慰められてきたので、手元にない今はそれが出来ず、少し心細い。

夢を見た時でなくとも、外で不意に怖くなる時もあったので、事件からしばらくの間は手元から離すことが出来ず、幾度となく慰めてもらったあのジャケット。

今でもたまにフラッシュバックする時があり、昔ほどでなくともよく持ち歩いてしまう。

もしバッタリ彼に遭遇出来た時に返せるようにとも思っているため、手元にない日の方が少なかったりする。

それが今は手元になく、先の夢のことがあって心細く感じて仕方ない。

（このままじゃあ、会うことが出来てお礼をしても、あのジャケット返せるか不安になるなあ……

ああ、いけない、いけない、いけない）

内心で独りごちながら、雪奈は自分の中の弱気を追い出すように、頬をパチパチと叩いた。

「にしても……」

アゴに手をやりながら、さっき見たばかりの夢を反芻《はんすう》する。

（今日見た夢は……今までにないほど鮮明に見えたな……なんでだろう……？）

不思議に思いながら、雪奈は壁際まで歩くと、壁に向かって目を閉じ、夢で見た光景を懸命に思い出そうとした。

(……ダメ。やっぱりあの人の顔だけ、ハッキリ見えない……表情はわかるのに、なんで容貌はわからないの……?)

落胆のため息を吐きながら、雪奈は踵を返した。

今まで見た夢も何故か、彼の顔だけがわからない。雰囲気や表情はよく伝わってくるというのにだ。

「会うことが出来れば……多分、一目でわかると思うんだけど……」

そう呟いてから、再び出るため息を止めることができなかった。

「この後、家からジャケット持って泉座の駅に行こうかな……」

会えるとも、見つけられるとも知れないのに、何度もそこで彼を捜すことをやめられない。

そうすることでどこか繋がっているような気持ちになれるからなのだが、雪奈にその自覚はなく、使命感に似た感情でやっているところがある。

「ああ、ダメだ。今日はハナの彼氏が来るんだし……うん、そっちも楽しみだしね」

そう、今家に帰っているのは、妹が会って欲しいと言った彼氏が待っているからなのだ。

「言ってる内に、もう家だし……どれだけ、考え込んでたんだか——ただいまー」

そうして雪奈は庭で起こっていることに気づかず、玄関の扉を開けたのだった。

◇◆◇◆◇◆◇

「では――始め！」

恵梨花の父の号令を聞きながら亮はまだ考えていた。

この、試合なのかもよくわからない試合を、どう終わらせるかを。

蹴りを二回眼前か腹に寸止めすれば、それで二本とって終わることが出来るだろう。

だが、相手は、自分の彼女の兄は、自分との実力差を感じ取れる実力はあるはずなのに、まるでわかっていない様子。

言わば、冷静さに欠け、目が曇っている状態なのだろう。つまり、そうなってしまうほど妹ラブ、ということがよくわかる……わかってしまう。

そう考えると、ただ普通に二本とって勝ったとしても、恵梨花の父はともかくとして純貴を納得などさせられやしないのではないだろうか。

何せ、兄はただ、憎き妹の彼氏を殴りたいだけの様子なのだから。

だから、この試合は――。

「せいっ！」

考えていると純貴が間合いを潰して、正拳突きを繰り出してきた。

亮は一応の確認として、その正拳突きをギリギリ――そう、鼻先に来るまで避けず見極めていたのだが、やはりその突きは止まる様子がない。

亮は内心でため息を吐きながら、首を逸らし、横に一歩踏んで避けた。

「なっ――!?」

純貴が驚きの声を上げる。

（いや、驚くなよ）

亮が避けなければモロだったというのに。

試合開始三秒で、純貴はどうやら寸止めのルールを、清々しいほどに忘れてしまったようだ。

純貴は驚きの表情を浮かべながらも、一歩下がって間合いをとる。

「今のを避けるとは、やるな……だが、ギリギリ。ほとんどマグレと見た」

純貴は見抜いた、と言わんばかりの顔だ。

亮は思わずジト目になった。恵梨花もまったく同じ目をしている。その横で対照的に華恵は、悲鳴が出そうになったのを抑えるためか、口に手を当てている。

「純貴……寸止めなのを忘れるな」

父が意外にも注意してくれた。

「わ、わかってるって、父さん……続いていくぞ！」

宣言と共に純貴が突進するように間合いを潰すと、繰り出されたのは、右の鉤《かぎ》突き――からの左右での連突き。

それらの、やはり寸止めなどされていない三連撃を、亮がヒョイヒョイヒョイと主に上体と首を逸らす動きで避ける。

「んな——!?」

驚きながらも純貴の攻撃は止まらず、裏打ち、手刀打ち、そして勢いをつけての振り打ち。

それらも全て同じように躱《かわ》し続けると、純貴は動揺を目に浮かべながらも、これならどうかと流れるように後ろ回し蹴りを放った。

それを見て亮は舌打ちをする。

後ろ回し蹴り、それは大振りな技にもかかわらず、避けにくさがあり、威力も絶大で重宝される。

だが、それは相手が慣れていない場合であり、必ず視線の切れるタイミングがあるため、格上相手に使うには、相応の覚悟が必要になる。

つまり、使い慣れ、使われることにも慣れ、兄はまだ気づいていないが格上でもある亮に使うには、悪手もいいところなのである。

蹴りを少し屈んで避けた亮は、兄の視線が切れたタイミングで、蹴り足を追いかけるように動き純貴の背後に移動を終える。

「はっ——?」

蹴り終えて目の前から亮がいなくなったことに気づき、棒立ちになった純貴の足を、亮はスパッとキレよく蹴って払う。

結果、純貴は一瞬、体ごと宙に浮いてからすっ転び、盛大に尻を地面に打ちつける。

「った……」

困惑も入り交じった目で亮を見上げる純貴の顔は、驚愕に彩られていた。

「まあ……」

横に立つ母が口に手を当てながら、驚く声を出した。

「す、すごいわね……純貴がまるで相手になってないんじゃないの？」

「うん、そうだね」

「お母さん、純貴の試合は何度か見たことあるけど、よくわからなくて……そんな素人目の母さんでも、亮くんが圧倒的だってわかるわ……ハナは余り驚いてないのね」

「だって、亮くん、お兄ちゃんに怪我はさせないって言ってたし、ああ大丈夫なんだって思ってたよ」

「私も言われたわ。試合して大丈夫なの？　って聞いたら同じことを……ハナは、じゃあ心配してなかったのね」

「ふふっ、亮くんらしいや……あのね、亮くんの中学からの親友だって人に言われたことがあるの」

「あら、何かしら？」

「『この手のことで亮の心配なんかするだけ馬鹿を見るぞ』って」

「そ、そう……亮くん、一体どんな中学時代を送ってたのよ？」

「いつ聞いても『普通だった』ってしか答えてくれないんだよね」

「……不良じゃあ、ないのよね？」

「違う……はずだよ。少なくとも学校じゃ、そんな感じじゃないよ、まったく」

「まあ、今がそうなら……それで、この試合は終わりなのかしら？」

「どうなんだろ？　三本勝負って言ってたけど――ねえ、お父さん！　これって亮くんの一本じゃないの!?」

　口をあんぐりと開けて固まっていた父に呼びかけると、はっとする。

「そ、そうだな。桜木くんの――」

　父が手を挙げて宣言しようとすると、それに気づいた亮が遮った。

「待ってください」

「……なんだね？」

「うちの道場じゃ、尻餅つかせた程度で一本になんてなりませんよ。追撃で綺麗なのを入れない限りは、ね」

「……なら、何故それをしていない？」

「仕切り直しをしたかったもので。あと、ルールの変更の提案と」

「……ルールの変更だと？」

「ええ、寸止めはなしにしましょう。あってないようなものでしょ」

　まったくだと、恵梨花と華恵は揃って頷いた。

「む……それはすまなかった。私がもっと言い聞かせておくべきだった。だが、寸止めなしというのは――」

父が尻餅をついている純貴へチラッと視線をやりながら、言いにくそうに口ごもる。

ようやく恵梨花の父も、亮と息子の力に差があることを理解したのだろう。そうなると、寸止めがなくなることの心配は息子へ向かう。

視線の意味を察したのだろう、亮がやんわりと言った。

「大丈夫です、怪我はさせませんよ……擦り傷ぐらいはするかもしれませんが、それは仕方ないと思ってください」

息子に対してここまで言われた父が、少し苛立ちも交ぜて複雑そうに顔をしかめると、純貴がハッとなって立ち上がる。

「お前！　俺のこと舐めてるのか⁉　一本取ったからって勝った気になるなよ⁉」

「……桜木くん、君が確かな実力を持っているのはわかった。だが、それでも息子の言う通り、舐め過ぎではないだろうか」

純貴と父にそう言われて、亮は少し苛立ったように眉をひそめた。

「……どっちが舐めてんだか」

ボソッと呟かれた言葉だが、それはさほど距離が離れていなかったために、その場にいた全員に聞こえてしまった。

「お前っ――！」

「――何？」

純貴が怒りを露わにし、父が片眉を吊り上げると、亮は本当に面倒くさそうにため息を吐いた。

「はあ――とりあえず、こうしましょう。こっちはいきなり勝負を申し込まれたんだから、これぐらいは聞いてもらいますよ。さっきも言いましたけど、先の一本は無効でいいです。そして、これからは寸止めなし。そして、勝負は三本勝負でなく一本だけで決める」

「……聞くが、何故一本だけと？」

「何本やっても意味ないからですよ――これはそういう勝負でしょう？」

純貴に視線をやりながらの亮のその言葉に、父は思うところがあったのか、納得したように頷いた。

「いいだろう、一本勝負だ――いいな、純貴？」

「いいよ。本当ならさっき一本取られたはずなんだ。俺が次取られたとしたら二本目で、やっぱり負け。俺が取ったのなら引き分け――それでいい。あと、寸止めもなしだったな？　願ってもないな、それは」

純貴の答えに父が複雑そうに眉を寄せながら頷くと、亮へ了承の意味を込めた目を向ける。

「じゃあ、寸止めなしの一本で――それと、兄《あに》さん」

言いながら亮は純貴と間合いをあけ、立ち止まったところで再び口を開く。

「本気で、全力を出してくださいね」

「お前！　だから舐めたこと言うなって――！」

「いや、そういうつもりじゃないですよ。兄《あに》さんこそ、わかってんですか？　一本勝負なんですよ？　一本取られて負けた後に、本気出してなかったからもう一本とかなしですよ？」

亮のその言い分に、純貴は顔を怒りで真っ赤にしている。

そんな二人を見て、華恵が娘に囁く。

「……亮くんって煽るのが好きだったりするのかしら？」

「ううん……違うの、お母さん。亮くん、そんなつもりはなく、真面目に言ってるんだよ」

恵梨花は額に手を当て、首を横に振りながら答えた。

「え、でも……」

「うん、わかってる。でも、本当なの。今までの私の経験だと、亮くん、そんなつもり本当にないんだよ」

「そ、そうなの……」

「それに亮くんって、大口叩いたりとかしないんだよ？　聞いたことないもん、私」

「大口は叩かない……つまり、亮くんにとって、さっき純貴に言ったことは当たり前のことなのね……純貴がこれから一本取られて負けるってことは」

「そういうこと」

恵梨花が大きく頷くと、純貴が苛立ちと共に叫んだ。

「もういい！　そこまで言うなら本気でやってやる！　大怪我しても文句言うなよ!!」

亮を睨みつけ、父へギラギラとした視線を送る。早く始めろと目が言っているのがよくわかる。

恵梨花の父はため息を吐いて頷くと、亮へ目を向ける。そして頷きを返されると、手を振り挙げた。

「――始め！」

「せあああああ!!」

さっきまでとまるで違う気迫を露わにして、純貴が突進しながら仕掛ける。

踏み込みながらの一本突き。アッサリ回避されるが、それを見越したように、止まらず流れるような連撃が続く。それらも悉《ことごと》く避けられる。

時折交ざる蹴りも、肘や裏拳、掌底を使った小ぶりな打撃も、コンビネーションも、それらの全てを亮は、まるで未来が見えているように、構えている手を使って受けることも払うこともせず避け続ける。

「……なんだか、出来のいい殺陣《たて》を見てるみたいね……そう、映画のワンシーンみたい」

「うん……亮くん、格好いい……」

恵梨花がうっとりと眺めながら、どこか上の空で頷く。梓がいたら「目がハートになってるわ」と評したことだろう。

華恵が娘のそんな姿に仕方なさそうに苦笑を浮かべる。

そうして、純貴の攻撃が二十手も過ぎた頃、彼は攻撃の手を止めず息を荒らげながら、苛立ちをぶつけるように亮へ叫ぶ。

「このっ！　──避けてばっかりで！　お前は攻撃してこないのか⁉　臆《おく》したか⁉」

同じく回避しながら、しかし顔は涼しいままの亮が訝しげに口を開く。

「……これ一本勝負なんですよ？」

「それが──どうした⁉」

「いや、だから、俺が攻撃したらそれで終わるじゃないですか」

それは亮が攻撃したら必ず決まると宣言しているのと同じで、その意味がわからないはずもない純貴は、憤怒《ふんぬ》の形相を浮かべ──。

「どこまでも舐めやがって──！」

内にたまった怒りを発散するように、後ろ回し蹴りを放つ。

すると今度は亮が、苛立ちを露わに舌打ちをした。そして先ほどの焼き増しのように蹴りを回避すると、純貴の背後に回って足払いを放ち、一人の立派な体格をした男が宙に浮かぶ。

ドスンと尻餅をつく純貴に亮は追撃をせず、背を向け歩いて間合いをとる。

「さっきの反省はねえのか、仕切り直しだ──さっさと立て」

振り向きもせず乱暴な口調で告げられた純貴は、怒るより呆気にとられたようにポカンとしている。対して父は聞こえていなかったのか、先ほど以上に驚愕しているようで、すっかり固まっている。

「な、なんか、ガラッと口調変わったけど、大丈夫なの、ハナ？」

同じく呆気にとられた華恵が焦ったように恵梨花に尋ねる。

「大丈夫だと思うよ。少しイラッてして、素が出ちゃっただけだよ」

「それって大丈夫なの……？」

「うん。言っとくけど、亮くん、うち来てから本当に気を使ってくれてるんだよ？　言ったと思うけど、亮くんがあんなに丁寧に話すの、ほとんど見たことないもん。亮くんって年上の人相手でも、面倒になってきたら大体あの口調で話すし」

「それは……それは、どうなの？」

色々な意味を含んでの華恵の疑問なのだろうが、恵梨花はクスッと笑った。

「大丈夫だよ。結局は親しまれてるからだろうって受け取られてるみたいだから。私が知る限りでだけど……あ、タケちゃんも最終的になんだけど、亮くんから丁寧に話されると気持ち悪いからやめてくれなんて言ってたよ」

「まあ、あの剛くんが……」

「とにかく心配しなくていいよ。亮くんが怪我させないって言ったら本当にしないから」

「……信頼してるのね」

「当然でしょっ！」

大きな胸を張って言う恵梨花に、華恵がクスリと笑みを零した時、間合いをあけて立ち止まった亮が振り返る。

「後ろ回し蹴りは不意を衝くか、相手の体勢が崩れているかでもねえ限り滅多に使うな。格上を相手にしている時は特にな……わかったらさっさと立て――言っとくが、またさっきみたいに舐めた後ろ回し蹴りしてきたら容赦しねえぞ」

「え、偉そうに！　誰に向かってそんな口きいて――」

純貴が立ち上がりつつ言い返すと、亮が舌打ちして一喝した。

「達人級《マスタークラス》に届いてもねえ未熟者がほざいてんじゃねえ！　さっさと構えろ！」

「は、はいっ――！　――え？」

反射的に純貴が返事をしながら構えると、自分のした返事と行動に驚いたように目を丸くした。

驚いたのは純貴だけでなく、他の藤本家の家族も一緒であり、一様に目を丸くして、庭が静まり返る。

「――あ」

そんな中で、亮が気づいたように声を上げた。その顔には「やっちまった」と書いてあるのがありありと見える。

「ご、ゴホンッ……はは、失礼。ちょっと地《じ》が」

頭を掻きながら申し訳なさそうに苦笑する亮。

すぐに反応できたのは「てへっ」と言う擬音が聞こえたような気がした恵梨花だけだった。

「ちょっと熱くなっちゃっただけだよね、亮くん？」

「そ、そうそう。はは、もう気をつけるから」

「んー、そんなに気使わなくていいよ？　悪いのはお兄ちゃんとお父さんだし」

「いや、そうは言ってもだな……」

そんな風に亮と恵梨花が気の抜けるようなやり取りをしていると、純貴が目をパチパチと瞬かせながら亮を改めて凝視している。

「さっきのまるで師範みたいな覇気……それに達人級《マスタークラス》だと……？」

そして上から下までじっくり亮を眺めると、一瞬ポケッとした顔となり、次第に盛大に頬が引き攣っていき、更には乾いた笑い声が零れ始める。

「は、はは……父さん……」

「……どうした、純貴」

「この子、アレだ。俺が、俺達が測れるような子じゃなかった」

「それについては薄々気づいていたが……」

「それにさ、はは、信じられないことにさ」

「……なんだ」

「この子多分……いや、間違いなく師範より強い」

その言葉に、父は何を言っているのかわからないという顔となった。

「……本気で言ってるのか？　彼は、ハナと同じ高校生……高校生だったな、ハナ？」

確認をとってくる父に、恵梨花は頷く。

「うん、私と同じで十六歳」

「じゅ、じゅううろっ――!?」

目が飛び出さんばかりに驚く純貴。

「い、一体、どれだけの才能を持って修練と経験を積めばあんな、あんな……」

兄が失礼なことを言おうとする前に先んじて、恵梨花が言った。

「私の彼氏！　すごいでしょ、お兄ちゃん！」

自慢気な顔をする妹を見て純貴がハッとする。

「いや、ハナ、すごいなんて次元の話じゃ……」

「そんなことどうでもいいじゃない！　亮くんは亮くんだし」

「そうか……そう、か」

自分に言い聞かせるように呟いた純貴は、苦笑を浮かべている亮へ改めて目を合わせた。

「……失礼なことを承知で言いますけど、ようやくシスコンフィルターをなくして俺を見てくれたようですね」

「む……いや、失礼でもなんでもない。ハナが世界一可愛い妹なのは事実だからね」

「まあ……そう思うようになるのも無理はない、と言っておきます」

「ふむ……話がわかるやつのようだな、君は」

「いや、さっきまでの兄《あに》さんが、話がわからな過ぎだったんですがね」

「……否定出来ん。しかしな、それもこれもハナの可愛さが罪過ぎるせいだ。そう思わないか？」

「そのことについては異論はありません」

真面目ぶった顔で頷き合う亮と純貴に、恵梨花は居た堪《たま》れなくなって、真っ赤になった顔を両手で隠す。

「愛されてるのねえ……ハナ」

肩を震わせながら華恵にまで言われて、恵梨花は体ごと顔を背けた。

「ほう……なかなかいいやつのようだな、君は――桜木くんは」

「そう思ってもらえたのなら、こうして試合までした甲斐がありますね」

少し皮肉った亮の言葉に、純貴がバツの悪い顔をした。

「む……仕方ない。そうだな、詫びとして、ハナのベストショットをまとめた俺のコレクションを少しだけ見せてやろう、どうだ？」

「……兄《あに》さんっていい人みたいですね」

「ふっ、そうだろうそうだろう」

得意気に首を縦に振る純貴。

「ちょ、ちょっとなんの話してんの、二人共!?　お兄ちゃん！　亮くんに変なもの見せちゃダメだからね!?」

恵梨花が思わず割って入るも、向かい合っている男二人は決して恵梨花と目を合わそうとしなかった。

「それじゃあ、コレクションを見せるためにも――」

「――この試合を終わらせましょうか」

何故か息がピッタリとなった亮と純貴が、唐突にシリアスな雰囲気をまとい始める。

「もー!!」

恵梨花を無視して二人は再び対峙する。

「それじゃあ、兄《あに》さん。まだ出してない底がありますよね？　出してくれますか、受けとめてみせるので」

「……そうか、そういうつもりで君はこの試合――君にとっては試合ですらなかったようなものか……あるにはあるが、アレはまだ実際に使えるようなものじゃない。練習が足りなくてな、打つのに時間がかかる」

純貴の言葉に、亮の口端が獰猛《どうもう》に吊り上がる。

「へえ……いいですね、それを是非見せてください。知ってると思いますが、まだ俺から仕掛けてなんてないんですから、待つのでいくらでもタメてください」

「い、言っておくが、これは俺の師範でも避け損なうようなものだぞ」

「ますますいいじゃないですか――どうぞ」

そう言って構えたまま待ちの姿勢に入った亮に、何を言っても無駄と悟ったのか、純貴は中段に構え精神統一するように目を閉じた。

ピリピリと刺すような緊張感が急速に拡がる。向き合う亮も真剣な顔だ。先ほどまで馬鹿な会話をしていた二人とは到底思えないほどだ。

「スー……フー……」

純貴の深い呼吸音だけが聞こえ、それは終わり――カッと純貴の目が開く。

そこから恵梨花が見えたのは純貴の動き出しだけで――気づいたら、純貴は亮の眼前で突きを終えた姿であり――。

「こ、これも避けるのか――!?」

己の突きを紙一重の距離で躱した亮へ、純貴が信じられないと驚愕に満ちた顔を向けている。

「まあ……今の純貴なんかすごかったわね……でも、亮くんはその上をいくのね……」

感嘆したように首を振る母を横に、恵梨花は記憶をたぐっていた。

(今のって、まるで先週の亮くんの――確か、梓が……なんて言ってたっけ……?)

思い出そうとしていると背後から物音が聞こえてきて、振り返るとそこには帰宅したばかりの姉がいた。

「ただいまーって、そんなとこで何してんの……え、なんでお父さんがいるの」

「あら、ユキ、おかえり」

「あー、ユキ姉、ここで帰ってきちゃうの……」

驚き過ぎたためか固まって、もはや彫像と化している父の後ろ姿に気づいて、何故家にいるのかと訝しんでいた雪奈が、恵梨花の言葉に小首を傾げる。

「え、帰ってきたら不味かったの？　……それより、なんでお父さんが……え、お兄ちゃんまでいるじゃない、庭で一体何して……あーあ……」

雰囲気と、兄と父がいることと、妹の彼氏らしき姿を見て、おおよその事情を察したのだろう。

雪奈は目に憐憫の色を浮かべて、恵梨花を見る。

「なんか散々なことになってるみたいね、あの子がハナの彼氏なのよね？」

「う、うん……」

恵梨花が答えると、雪奈は改めて亮へと視線を動かした。

「そう……ああ、やっぱり格好いいわ……ね……――え？」

ピタッと固まる雪奈。そんな姉を恵梨花はジッと見つめる。母は不思議そうな顔になる。

「……どうしたの、ユキ？」

雪奈は目を見開き、固まったまま答えない。

そんな女性陣に気づく様子もなく、亮が純貴に答える。

「いや、ちょっと危なかったですよ。そこで、聞きたいことがあるんですが……」

「とてもそうは思えないのだが……何を聞きたい？」

「今の無拍子《むびょうし》の突き……誰から教わったんですか？　兄《あに》さんの師範からじゃないですよね？」

亮が獲物を見るような目で尋ねると、純貴が動揺して肩を揺らした。

「な、何故それがわかっ――いや、もう驚くまい」

諦めたように首を横に振ると、苦笑を浮かべて言った。

「そうだな……それを知りたいのなら――今度は君が仕掛けて俺にまいったと言わせてみろ」

強がるようにして純貴が言うと、亮の顔に獰猛な笑みが浮かぶ。

「へえ……まあ、頃合いですしね」

そう言うと、亮は手につけていた拳サポを鬱陶しそうに外し、後ろに大きく一歩下がって純貴と距離をとる。今までの間合いと比べると、幾分遠いように見える。

「――ジャスト三メートル」

亮が三本の指を立てて、そう宣言する。

「……それが、なんだ？」

純貴が訝しみながら構えをとると、亮は答えた。

「――俺の間合い、ですよ」

「……この距離がだと――!?」

目を見開く純貴を前に、亮は右手に拳を作り――左の掌に打ち付けた。

――パチンッ。

どこか心地よいその音にもっとも反応したのは、恵梨花の横で固まっていた雪奈であった。

雪奈はビクッと震えると、膝から崩れ落ちてペタンと床に座る。

「ユキ⁉　どうしたの、あなた⁉」

華恵の心配する声など耳に入った様子もなく、雪奈は呆然と呟いた。

「う、嘘……な、なんで、ここに――」

◇◆◇◆◇◆◇

呆然と亮を見つめる雪奈の狼狽《ろうばい》ぶりから、どれだけ姉がゴールドクラッシャーに会いたかったのか、どれだけお礼を伝えたかったのか、どれだけ感謝しているのか、どれだけ心の中でその存在が大きくなっているのか、どれだけこの時を切望してきたのか――それらが伝わってきて、恵梨花の胸は痛くなった。

（ユキ姉を助けてくれて――ありがとう、亮くん）

改めて、亮に会えて、好きになって、追いかけて、告白して、付き合えて――よかったと思った。

心から亮を愛おしく思った。

スンと鼻が鳴る。気づいたら涙が出そうになって、必死に堪えた。

それは今日、自分が流すものではない、雪奈が喜びから出すものだから。

雪奈を見ていると我慢がきかなくなりそうに思えたので、恵梨花は亮に目を向けた。

さっき湧いた愛おしさのためか、またも涙が出そうになった。それでも、今の雪奈よりは幾分マシである。

ちなみに純貴を見ればすぐに涙も引っ込んで落ち着けたのだろうが、恵梨花は無意識に、その選択肢を除外していた。

ちなみに、落ち着くのは兄への愛ゆえではなく、白けるという意味でだ。

それはともかくとして、亮は打ち鳴らした手を、純貴に構えることなく、ダラリと下ろす。

(――ああ、そうだ)

今日の試合が始まってからずっと、恵梨花は何かに引っかかっていた。

亮は戦う時、いつもあの姿だった。竹刀を持っている時でさえそうで、構えるところなんて、ほとんど見たことはない。

思い出せば、郷田との試合で仕方なさそうに構えていたことがあったぐらいか。

亮のそんな、今から戦うとは思えない姿を見た純貴が訝しむ。

「どうした？　構えないの――いや、違う……無形の構え？　……――！　自然体を構えとして使えるのか!!」

それがどういう意味なのか恵梨花にはわからなかったが、純貴の驚愕に対し、亮は涼しい笑顔で返した。

「――正解」

そう、言い終えた瞬間か――亮の姿がその場からかき消え、恵梨花が気づいた時には彼は純貴の眼前に拳を突き出していた。

それから遅れて純貴の顔に突風が起こり、彼の前髪を一斉にかき上げる。すると純貴の顔が強張っていき……ついにはヘナヘナと崩れ落ち、ペタンと尻餅をついた。

「ほ――本物の、無拍子……！」

呆然と亮を見上げる純貴に、亮は突いていた手を下ろしながら悪戯っぽく笑った。

「一本――でいいですよね？」

「あ、ああ……まいった、俺の負けだ……いや、本当に大したもんだな、桜木くんは。あんなに見事な無拍子を見たのは初めてだ……されるとわかるな、本物は避けられるもんじゃない」

亮は苦笑を浮かべると、左拳を右掌に打ち付けてから、しみじみとしている純貴へ手を伸ばして、立ち上がるのを助けてやる。

そして父へ視線を向けると、再び悪戯っぽく笑ったのである。

「さあ、親父さん、どうでしたか？　恵梨花の身を守るのに俺では力不足ですか？」

あんぐりとし続け過ぎたせいで、アゴが外れたのではないかと思われた父がようやくハッと我に返ると、口を閉じ、深く息を吸って吐いた。

「なかなか意地が悪いな、君も……」

「いや、いきなりこんなことを仕掛けてきた親父さんにそう言われても……」

「ふっ、違いないな……君といる時のハナの身は、間違いなく安全なのだろうな。それがよくわかるものを見せてもらったと思う……これからもハナを、娘をよろしく頼む」

父がそう言って頭を下げると、亮は恵梨花があまり見たことないほど心底から嬉しそうに、ニッと素直な笑みを見せた。

「こちらこそ！　これからも一つ、よろしくお願いします、親父さん！」

いつもの皮肉っぽさがなく、本当に嬉しそうに笑って頭を下げる亮に、恵梨花は胸がキュンキュンと鳴るのを止められなかった。

亮はこちらに振り向いて、父へは体で隠すように、グッと拳を握って、恵梨花にガッツポーズなんかを見せてくる。

それでとどめを刺された恵梨花は、どうにか引き攣りながら、ニコッと返すのが精一杯だった。

「ハナ……あなた、顔が真っ赤よ」

「だ、だって……」

「まあ、そうなるのもわかるわ……すごいわね、亮くん。お父さんにもお兄ちゃんにも認めさせちゃったわよ」

「うん……か、格好よかったし、さっきの亮くんなんて……！」

「あらあら……それよりも、ユキ。どうしたの、あなた……ユキ？　ユキ！」

未だ呆然としたままだった雪奈は、そこでようやくハッとして、華恵へ振り返る。

「お、お母さん……ど、どうして……どうして、あの人が……」

「あの人って……亮く――」

華恵が答えようとしたところで、純貴がこちらの様子に気づき、脇目も振らずに駆けてきた。

「帰ってきてたのか、ユキ！　どうしたんだ、ユキ！　何があった⁉」

純貴のシスコンはもちろん雪奈にも向いていて、愛する妹の狼狽した姿に、心から心配している様子だ。だが、だからと言って、兄からの愛と妹からの愛が釣り合うという訳でもなく――。

「……お兄ちゃん、ちょっと邪魔」

「ぬあ⁉　な、何をする、ユキ⁉」

純貴が目の前に来たために、亮が見えなくなったのだろう。

雪奈は無造作に、両手で純貴の顔を押し退ける。

そのせいで転がった純貴が「ひどい……」と言わんばかりの顔で泣き真似をしているが、構う者は誰もいなかった。

そんな騒動に目を向けた亮が、雪奈に気づいて目が合う。

途端に雪奈はハッとして、息を呑む。

亮は雪奈を見て目を丸くして驚き、次いで恵梨花を見て、また雪奈を見て、ポカンとする。

髪の色以外そっくりなことに驚いているのだろう。

そんな亮に、恵梨花はこんな時だというのにおかしくなって、笑いそうになった。

そしてさほど間をあけず、亮は雪奈を見ながら首を傾げた。まるで、何かを思い出そうとするかのようだったが、すぐに諦めたらしく、一つ息を吐いた。

そして、どうしたものかといった感じで、頭を掻きながらこちらへ歩いてくる。

一歩近づいてくる度に雪奈の顔に動揺が浮かび、呼吸が荒くなってくる。

「ええと、今度は間違いなく、お姉さ――」

そして近づいた亮が挨拶をしようとしたのだろうが、雪奈は最後まで聞かずにそれを遮った。

「あ、あの――！　どうか、どうか、そのまま！　そのまま――ここでお待ちください!!」

身振り手振りも合わせて大仰にそれだけ言うと、雪奈は勢いよく立ち上がり、脱兎《だっと》の如くリビングを飛び出した。

「は――？　え……？」

そんな風に混乱しているのは亮だけではなく、部屋に入り直した父と華恵もだ。ついでに純貴も。

「どうしたのかしら、ユキ……帰ってきてから、どうも変だわ」

「……体調が悪いようにも見えんが……」

華恵と父が顔を見合わせて、お互いに何か知らないかと目でも問い合っている。

「ふむ……どうも、桜木くんを知ってる様子だったが、何か知らないか……？　もしや、君、ハナだけでは飽き足らず、ユキにまで手を出していないだろうな？」

純貴がシスコンオーラを再燃させて、亮に問う。

「は？　んな訳……いや、知りませんよ……今日が初対面？　のはず……？」

亮はそう口にするが、言いながら自分で自分に違和感を覚えているようで、その理由がわかるのは恵梨花だけだった。

「もう！　お兄ちゃん、そういうのじゃないから！　ちょっと黙ってて！」

「だ、だが、ハナ……」

「いいから黙ってて！　明日からでなく、今日から口きかないよ!?」

「そ、そんな、ハナ――」

絶望を露わにして項垂れる純貴を横目に、亮が首を傾げながら恵梨花に聞く。

「さっきの恵梨花のお姉さんなんだよな？　……俺、何かしたか？」

「ううん、亮くんは何も――あ、ううん、したよ。すっごいことしたよ」

「は？　いや、ちょっと待ってくれよ、恵梨花」

身に覚えのない様子の亮が焦った声を出すと、父が再び鋭い目つきで亮を射貫いた。

「それは――どういうことかな、桜木くん？」

「もう！　お父さんも！　そういうことじゃないから！」

「は、ハナ？　いや、では、どういうことだ……？　桜木くんはユキに何をしたというのだね」

父の問いは華恵も気になっているようで、二人の疑問の目が恵梨花に向かう。

恵梨花は一つ深呼吸して、安心させるように茶目っ気も込めて微笑んだ。

「それはね――これからわかるよ。すぐにね」

「ふむ……」

納得しかねるような父へ、恵梨花は更に言う。

「それとね、お父さん。あと、お兄ちゃんも――ううん、お兄ちゃんは特に‼」

「なんだ？」

「……ど、どうした、ハナ？」

恵梨花は腕を組み、大きな胸を張ってここぞとばかりに言った。

「さっきも言ったけど――後悔しても私は知らないからね！」

「それは……」

「どういう……？」

父と純貴が顔を見合わせて困惑する中、恵梨花は一転して亮へ笑顔を向けた。

「さあ、亮くん。いつまでもそんなとこ突っ立ってないで、靴脱いで中に入って？」

「うん？　いや、ここで待ってろってさっき言われたような……？」

「ふふっ、そういう意味じゃないから。ほら、喉渇いたでしょ？　冷たい麦茶いれたげるから」

「ああ、じゃあ――」

亮が靴を脱ぎ、室内へ入ってくる間に、恵梨花は素早くコップに麦茶を満たして手渡した。

亮は純貴がチラチラと恵梨花へ物欲しそうな目を向けているのを横目に、一気に麦茶を飲み干した。

そうして亮が一息吐いていると、階段を駆け下りるバタバタという音が響いてきて、リビングのドアが雪奈によって勢いよくバタンと開かれる。

リビングに戻った雪奈は焦ったようにキョロキョロと目を走らせ、亮を見つけると、すぐホッとしたように安堵の息を吐いた。

「こら、ユキ。そんな乱暴に開けるんじゃな――どうした、何故それを持ってきてる？」

大きな音を立てて扉を開けた雪奈に注意しようとした父だが、雪奈が胸に抱えているものに気づいて、目が鋭くなる。

「ユキ？　帰ってくる時に何かあったのか？」

純貴も今日一番真剣な目をして、雪奈を見ている。

二人共当然のように、雪奈が胸に抱えているもの――緑のジャケットのことを知っている。

雪奈があの日のことを思い出した時、怖くなった時、フラッシュバックした時、夜眠れなくなった時に頼りにしていることもだ。

それも、そんな時、碌に力になれない己らの無力さと後悔と、そしてジャケットの持ち主への感謝と共に。

「ユキ……？　本当に何があったの……？」

華恵もジャケットのことはもちろん知っている。今日何か怖いことがあったから、今それを胸に抱いているのかと心配している顔だ。

そんな三人の問いかけに雪奈は気づく様子もなく、一心に亮を見つめ続け、ゆっくりと足を進めている。

「はー、はー……」

雪奈の息が荒れているのは階段を駆け下りただけが原因ではなく、緊張や、爆発しそうな感情のせいだろう。

恐らく本人は自分の息が荒れていることなど気づいていまい。よく見れば、唇が震えていた。

そして亮は、周りの雰囲気から、何か重大なことが起こっているとなんとなく察して傍観の姿勢だったが、雪奈が真っ直ぐ自分へ向かっていると気づいて困惑している。

「あ、あの――」

「は、はい」

雪奈の緊張が伝わったような亮がそう返事をすると、雪奈は胸に抱いているジャケットを、恐る恐るといったように差し出した。

「こ、こ、こ――これ、これ、を、お返し――し、ます」

つっかえながらも言い切った雪奈のその言葉に、父と純貴は揃ってポケッと口を開き、華恵は悲鳴が出そうになるのを堪えるように口に手を当てて息を呑んだ。

ますます亮は、何が起こっているのかと困惑している様子で、とりあえずは差し出されたジャケットを受け取った。

「えっと……いや、返すって言われても……ジャケット？」

折りたたまれていたため、それが何かわからない亮は、差し出されたものを広げると首を傾げた。

「うん……？　あれ、これって……——そうだ、親父のを詰めて、あの日俺が着てた——っ⁉」

亮はハッと顔を上げて、雪奈と目を合わせた。

「もしかして、あんた、あの時の——⁉」

思い出した亮にはもう、目の前の女性が恵梨花の姉だという認識は消えていただろう。

「は、はい——あの時は、本当に——ほ、本当に、た、助けて、助けてくれて！　——あ、ありがとうございました——‼」

涙ぐんで頭を下げている雪奈にも、目の前の男が、今日最初に見た時の『妹の彼氏らしき男』という認識はないのだろう。

今の二人は、お互いの今日の最初の印象を忘れて、まさにあの日の続きを、よい意味でしているのだ。

亮は信じられないといったように呆然としていたが、すぐにハッとして口を開く。

「ああ、いや、そっか、あん時の……いや、そうだな、元気そうでよかったよ」

亮が先週に乃恵美と話していた時のような優しい声でそう言うと、雪奈は鼻を鳴らして、涙を拭いながらニコッと微笑んだ。

「はい……あの日、あなたが助けてくれたから、あの時、あなたがそのジャケットをかけてくれたから、その時、優しく声をかけてくれたから元気に……いえ、生きて——これました」

雪奈がようやくつっかえずに出せた言葉に、亮は大げさなと言わんばかりに苦笑してみせる。

「そっか、それならよかった……ジャケット《こいつ》もあんたみたいな美人の役に立てて本望だろうよ」

意識が昔に戻り過ぎるのも問題かなと、恵梨花は少し複雑になる。

（ユキ姉が美人なのは確かだし、お世辞でないのも確かで……うーん……て言うか、私の——私達の存在忘れてるよね……無理もないだろうけど）

雪奈は少し照れたように微笑んだ。

「いえ、でも、そのジャケットには本当にお世話になって……あの事件の後で、あの日のことを思い出した時には、そのジャケットに本当に励まされて——」

「——ああ、だから記憶にあるよりも綺麗なのか」

「はい、勝手ながら手入れは欠かさずに……それに、私帰ってから気づいたのが、あの助けてくれた日に、直接あなたにお礼を一言も言ってなくて……」

「……そう、だったか？」

「ええ、言ってません。『あの』とか、そんな言葉になってないような声しか出してなかったなって……だから、言いたかったんです。ずっと——ずっと、あなたに言いたかったんです。あなたに会って言いたかったんです――あの日言えなかったことを、あなたに――ありがとう、って――！」

もう、我慢出来なかった。

自分が涙を流しているなんて気づいた様子もなく、懸命に言葉を紡ぐ雪奈の姿に、恵梨花はもう自分も涙を流すことを我慢出来なかった。

（ユキ姉……よかったね……）

華恵も手は口に当てたままでポタポタと涙を流している。父と純貴は驚きに目を見開いて固まっていた。

恵梨花が涙を拭っていると、どこか呆然と雪奈を見ていた亮が目を伏せて、俯きがちに呟くように言った。

「そう、まで言ってくれて嬉しいが、でも、俺はあの日は――」

「わかってます。あなたは結果的に私を助けただけだって。あなたが――あなたが、本当に助けたかったのは別の人だってこともわかってます」

「なんでそれを……いや、それなら、どうしてそこまで……」

「……あの日から私は塞ぎがちで、家からも碌に出られなかったんですけど、ふと、あの時あなたが、私に向けて……私に重ねて誰かに謝っていたことを思い出したんです……それが気になって、そして調べて……わかったんです。あの事件の後に自ら命を絶った子のこと……あなたが助けたかったのは、本当はその人だったんだって――直感的にわかって……思ったんです。だから私は――私は、その子の分まで……あなたが本当に助けたかったその子の分まで、あなたが助けてくれた私がちゃんと生きなきゃって——！」

ポタポタと涙を零しながら言い募る雪奈を、亮は声を出さずに口を開け閉めし、呆然と見つめる。

「——その、その子にとっては私の、自分勝手な言い分とは思うけれど、その子がいたから、その子を助けたかったあなたがいたから、だから私は助かったんだってわかって——だから、あなたに伝えたかったんです。その子とあなたがいたから——今、私は元気に生きてますって……。あの時、私に重ねて、その子へ謝っていたあなたに、言わなきゃって——自己満足でしかないけれど、でも、どうしてもあなたにまた会って、伝えたかったんです——私は、あなた達のおかげで元気です。ありがとう——って」

真摯な言葉を吐き出して、肩で息をしている雪奈に、亮は静かに口を開いた。

「明美、だ」

「え？」

「『その子』の名前。明美だ」

「明美、さん」

「ああ。そう——か。明美さんがいたから——明美さんがいたことに——か」

俯いて呟くように言う亮のその声は、恵梨花の気のせいでなければ震えて湿っているように聞こえた。

「はい——ごめんなさい。本当に、私の勝手な言い分だと思います。その、明美さんは不愉快に思うかもしれないけれど——」

「いいや、そんなやつじゃねえよ。むしろ——」

「むしろ……？」

「喜んでるよ、今のあんたを見て」

「……そうですか？　だと……いいんですけれど」

「いや、間違いねえよ。さっきドヤ顔で『そうそう、私のおかげでしょ』って言ってるあいつの顔が見えた」

「ええ……？　本当ですか？」

「本当だ——ありがとうな」

そんな風に優しい声で感謝の言葉を伝える亮に、雪奈は涙を拭いながらおかしそうに微笑んだ。

「ふふっ、お礼を言っているのは私の方ですよ？」

「ああ、いや——そうなんだけど……なんかこう……自然と出てきた」

「？　そうですか……」

「ああ……ありがとうな」

「もう、ふふっ、だからお礼を言ってるのは私の方なんですって！」

「あれ？　えっと、そうだったよな、なんでだ……？」

「さあ？　どうしてなんでしょうね？」

そうやって笑い合う二人の姿を恵梨花はボヤけた視界を通して、温かい気持ちで見守っていた。

「――えっと、ところで、その、どうして今日は、ここにいらっしゃったんですか……？」

どこかモジモジしながら、俯きがちに照れたような顔で雪奈が尋ねる。

「へ？　いや、どうしてって……――あ」

亮がふと首を巡らせ、自分がどうしてここにいるのか、そして周囲に誰がいるのか思い出したようにハッとなった。

「えーと、そうだ、つまりあんたは――いや、あなたは……え、マジで」

意外かもしれないが、亮は滅多に『マジ』という言葉を使わない。だというのに、今日の亮は恵梨花の記憶が確かなら二回言っている。

それだけ亮に負担を強いたということで、この二回目は仕方ないとして、一回目には本当に申し訳なく思う。

その一回目とは父と純貴が帰ってきた時だ。

だから、口をあんぐりと開けて顔を蒼白にして彫像と化している父と兄には、盛大に後悔してもらおうと恵梨花は思いながら、雪奈に声をかけた。

「ユキ姉――」

「あ、ハナ――この人、この人なのよ！　私を助けてくれたゴールドクラッシャーって呼ばれてる人は！」

姉がそう言ってはしゃいでいる姿に胸を痛めながら、恵梨花は亮の隣へと足を進める。

（そりゃあ、そうだよね……亮くん、格好いいもん……）

実際のところ、恵梨花もハッキリとはわからなかった。雪奈がゴールドクラッシャーに抱いているのは憧れなのか、恋愛感情なのか。雪奈自身もそうだろうと思う。

でも、言わなくてはならない。そして、大好きな姉でも――負けたくない。

「あのね、ユキ姉――亮くんなの」

「亮くん……？　それって、ハナの彼の名前よ……ね――!?」

ハッとして、雪奈は亮と隣に立った恵梨花を交互に見る。

「そ、そうだった、今日はハナが彼氏を家に連れてくるって――」

「うん、私とお付き合いしてる――桜木亮くん」

恵梨花が手で示しながら亮を紹介すると、亮は無理もないが、やり辛そうに会釈する。

「ええと、改めて、桜木亮だ――です」

するとピシッと固まる雪奈だが、反射的に頭を下げる。

「あ、わ、私は藤本雪奈と言います――妹がいつもお世話になってます……」

「ああ、いや、それは本当にこちらこそで……」

「いえいえ、そんな……――ええ？」

そんな風に返事をしつつも、やはり驚きの声が上がる。

「ええと、えっと、ちょ、ちょっと待って……ええと——ゴールドクラッシャーさんが、ハナの彼の亮くんで——ハナの彼の亮くんが、ゴールドクラッシャーさん……？」


姉は混乱している。


恵梨花の脳裏にそんな文字が浮かんだ。

「えっと、あれ？ ……え、どういうこと……？」

雪奈は情報の整理に失敗したようだ。

「うん、だからね？ 私と付き合っている亮くんが、シルバーを潰した、ゴールドクラッシャーだったの」

「えーっと……そう、そう——なの。ハナの彼が亮くんで、ゴールドクラッシャーさんで、彼で、亮くんなのね」

「う、うん？ そうだよ？」

「そう、そうなの——うう〜ん」

雪奈は与えられた情報でパンクを起こしたように目を回して、フラッと倒れそうになった。

「——おっと」

だが、そこは運動神経と反射神経の塊のような亮がすぐ傍にいた訳で、すかさず雪奈は抱き抱えられて床に倒れるのは免れた。

「あー、大丈夫か――ですか？」

「あ、は、はい。大丈夫――もう、大丈夫です。ありがとうございます」

雪奈は顔を真っ赤にして、覗き込むように窺う亮を見返すと、ブンブンと首を縦に振る。

「ありがとう、亮くん……大丈夫？　ユキ姉」

「う、うん……」

支えられながら地に足をつけた雪奈は、再び亮と恵梨花を交互に見た。

「えーと、そう……そう――なのね。ええ――わかったわ……」

情報の整理が出来たのだろう、雪奈の目に理解の色が浮かぶと、すぐに悲しそうな色がそれを塗り潰す。同時に恵梨花の胸がズキンと痛む。

「ユ、ユキ姉……」

「ああ、ごめんごめん……そうよね、こんなに素敵な人だもの。恋人がいるだろうなってことぐらい考えてたわ。一緒にいた双子の方の内、どちらかがそうかも、なんて思ってたしね……残念なことは残念だけど、今日会えて本当によかったって思うの……だから、ハナ、そんな顔しないで？」

「うん……」

視界がボヤけていく中で、気づくと恵梨花は雪奈に抱きしめられていた。

「よしよし……泣かないで？　あなたは本当に優しい子だけど、だからって私に同情して泣くなんてして欲しくないな？」

「う、うん……ふぐっ、ユキ姉ぇ……」

身長差のほとんどない姉の首筋へ顔を埋めた恵梨花の目から、涙が零れる。

「はいはい、もう泣かないの……泣く必要なんてないじゃない？　ハナがいたから……ハナが彼と出会ってくれたから、私は恩人に会ってずっと言いたかったことを言えたのよ？　喜んでくれないの？」

「う、ううん……よかったね、ユキ姉」

「ええ……！」

雪奈は恵梨花を自分から離すと、晴れやかな笑みを浮かべた。

「ありがとう、ハナ。この人を、ここに連れてきてくれて……！」

「うん……」

そして雪奈は亮へ、恵梨花を押し付けるようにすると、少し悲しそうに眉尻を下げつつも、朗らかな笑みを浮かべて頭を下げたのである。

「どうか、これからも妹をよろしくお願いします」

「——ああ、任せてくれ」

亮が真剣な顔で頷くと、雪奈はニコッと微笑んだ。

「ええと、それと――」

雪奈が窺うように亮を見て口ごもる。

「なんだ――ですか？」

「それです。私は確かにハナの姉ですけど、命の恩人でもあるあなたにその、丁寧な言葉を使われるのはちょっと……それにさっきから使えてないような気もしますし」

「いや、まあ、なんか切り替えが……それに、それを言うなら俺も、年上で恵梨花のお姉さんから丁寧な言葉で話されてもというか……」

「私はともかくとして、あなたはやめてください！」

「ええと――まあ、そっちがいいなら。なら、俺のことはその『あなた』じゃなく、亮でも、恵梨花やお母さんと同じようにでも呼んでもらえるか？」

「え!?　じゃ、じゃあ――ええっと、亮――さん、で。くんや呼び捨ては、絶対無理です！」

両手をパタパタと振って、亮の申し出を一部拒否する雪奈の顔は真っ赤である。

「さん、か……う、うーん……まあ、いいか」

「それじゃ私のことは、どうか雪奈と！　呼び捨てでいいです！」

「……じゃあ、雪奈さん、で」

「そんな――！　呼び捨てでいいです！」

「えーっと………善処する」

目を泳がした末に亮は逃げた。

「はい、お願いします！」

そんな風にニッコニコと嬉しそうにしている雪奈に、恵梨花はさっきまでの妹思いな姉はどこに行ったのだろうかと思った。

「……ユキ姉？」

「ん？　何？　ハナ」

「……ウウン、ナンデモナイヨ……」

ここ最近見たことないほど嬉しそうな雪奈の笑顔に、恵梨花はもう何も言えず、機械的にそれだけ返した。

そこで後ろから噴き出すような音が聞こえて、振り返ると、華恵が目元を拭いながら肩を震わせていた。

「ふふっ……ごめんね。さあ、ユキ、ハナ、いつまでも亮くんをそんなとこに立たせていないで、こっちに来て座ってもらいなさい？」

「あ、うん、そうだね」

恵梨花と雪奈が亮をテーブルに促そうとしたが、反対に華恵がこちらへやってきて、亮の前に立つと、両手を前に畏《かしこ》まるような姿勢をとった。

「――知らなかったとはいえ、娘の命の恩人に対して、お礼の言葉が遅れたこと、誠に申し訳ありません」

両手を前にしたまま、スッと一礼する華恵に、亮が目を白黒とさせる。

「へ？　い、いえ、そんな――」

「娘に一生消えない傷と記憶が残るところを、助けてくださったこと、心より――心より、感謝致します」

そして更に深々と頭を下げる華恵に、亮は困ったように眉を寄せる。

「さっき雪奈さんも言ってましたけど、結果的に助けたようなもので――なので、そんなに――」

亮が止めようとするが、華恵は頭を下げたまま、亮の両手をガシッと両手で掴んだ。

「それでも――！　それでも――!!　あなたが娘の命の恩人には変わりありません――！　本当に――本当に、ありがとうございます!!」

頭は下げたまま亮の両手を強く握り、震えた声で感謝の言葉を述べる華恵に、亮は仕方なさそうに、けれど優しい微笑を浮かべて息を吐いた。

「はい、俺も助けることが出来てよかったと、さっき改めて思いました。お礼は受け取りましたので――顔を上げてくださいよ、お母さん」

そこでようやく、亮の両手を握ったまま、華恵は目を赤くしながら顔を上げた。

「本当に、本当に、ありがとう、亮くん」

「はい――もう、そんな畏まらないでくださいよ、お母さん。こっちが困っちゃいます」

亮が心底まいったように言うと、華恵はクスリと笑った。

「わかったわ。でも本当に、ありがとうね、亮くん」

「はい」

「さあ――こっちに座ってくれる？」

そして結局、華恵自ら亮をテーブルへ誘導し始める。

「ちょ、ちょっと待ってくれ――!!」

そこへ、父と純貴がダラダラと汗を流しながら、亮へ寄ってきた。

再び立ち止まった亮に、父と純貴が真剣な中に焦りの色が混ざった顔を向ける。

「君が、君がそうだったのか、娘の、ユキの恩人だったのか――！」

「ユキを助けてくれたのが桜木くんだったなんて――！」

無理もないが、亮は「またか」みたいな顔をしている。

「それだというのに、知らなかったとは言え、礼もせず今日は本当に失礼なことを――」

「いや、本当になんて言うか、ハナと付き合ってる男としか聞いてなくて――それが、まさかユキの恩人のゴールドクラッシャーと呼ばれる男だったなんて、だと言うのに俺は君に――」

今日、自分達が誰に何をしたのかを、とうとう知った父と純貴が、心から後悔している顔で亮に言い募る。

「とにかくお礼を言わせてくれ。ユキを救ってくれて本当にありがとう――私もずっと会ってお礼を言いたかったのだ。今日の詫びと礼はまた後日、改めてゆっくりさせてくれないだろうか」

「俺もだ、愛する妹を、ユキを危ないところから助けてくれて、本当にありがとう!! あの日ユキに何かあったら、俺は、俺は……うう……」

父と純貴が両手で、亮の手をそれぞれ強く握ってお礼を言う。

男二人に暑苦しく言い寄られているからか、亮は辛そうである。

「えーっと、はい、まあ、礼は受け取りますので、はい」

副音声で「手を放してくれ」と恵梨花には聞こえた。

「本当に、本当にありがとう。そして、すまない。ユキの恩人だというのに、今日は散々君に失礼をしてしまって――ハナ、どうして教えてくれなかったんだ」

「そうだぞ、ハナ、知ってたら流石に今日のようなことは俺だって――」

父と純貴がそれぞれ責めるような目を恵梨花に向けてきた。

「知らなーい。私、ちゃんと止めたし言ったもん。後悔しても知らないよって言ったもん。無視したのお父さんと、お兄ちゃんだもん」

恵梨花はプイッと顔を背けた。

「――!?」

父と純貴が雷に打たれたかのようなショックの表情を浮かべて固まった。

「――そうねえ、どうして教えてくれなかったの? ハナ」

華恵がそう尋ねると、父と純貴が救いを求めるような眼差しを母へ向ける。

「――お父さんとお兄ちゃんはともかくとして、お母さんは今日会うのだから、知っておきたかったわ……そしたらお礼のことだってもっと考えられたのに、どうして事前に教えてくれなかったの？」

恵梨花は父と兄が落ち込むのを無視しながら、決して間違っていない華恵の言い分に答える。

「それはね、お母さん。言ったら信じられた？」

「……どういうこと？」

「ユキ姉を助けた人が私の彼だなんて偶然を。シルバーを潰した人が私の彼で、私と同い年の人がゴールドクラッシャーだなんてことを。私と同い年だよ？　当時の亮くんなんて、中学生だよ？　みんなが予想してた年齢って二十歳とかだよ？　ねえ、事前に聞いて、信じられた？」

「……納得したわ。確かに事前に聞いても『まさか』って言葉しか出てこないでしょうね……え？　当時は中学生？」

その部分に対して遅れて理解がやってきたのか、華恵が不可解な顔をしている。

純貴があんぐりと口を開けて、確認するように呟き始めた。

「え？　あれ？　ちょっと待って、そうだハナと同い年で、高校二年生で、さっきも聞いたが桜木くんは十六歳で、あの事件の日が……だから……本当だ。その時の桜木くんは中学生じゃないか!?」

「……聞いた話だとシルバーというのは、三十人はいる武闘派のギャングではなかったのか？」

「そ、そうだよ、父さん……そのシルバーを、ユキから聞いた話と合わせると、ゴールドクラッシャーはほとんど一人で相手して……それを、中学生が!?」

両親と純貴から、揃って唖然とした目を向けられた亮は、居心地悪そうに誤魔化すような笑みを浮かべた。

「は、はは……当時の俺も若かったということで」

両親と純貴が絶句した。

だが、それは色々言いたいことがあり過ぎたための絶句だ。

恵梨花には、彼らの言いたいことがわかった。

まさか若気の至りの一つにする気なのかと。そもそもそういう話ではないじゃないかと。

中学生が三十人ものギャングを一人で相手にするなんてと――大方、そのようなところだろう。

「と――とりあえず、そうね。聞けば聞くほど事前に聞いてもとても信じられない……ハナの言うことがもっともだということはわかったわ。だとするなら、どうやって信じるかとなると――ああ、だから今日ユキと一緒に会うことにしたのね」

華恵がフリーズから復帰して、口を動かしながら理解の色を示すと、恵梨花は頷いた。

「うん、ユキ姉なら多分……亮くんを見たら本人だってわかるんじゃないかって」

「そう、ね……。確かにその形でないと到底信じられないわね……」

更に理解を示す華恵に、恵梨花は付け足す。

「それとね、事前に教えなかった理由はもう一つあるんだ」

「……何かしら？」

「うん……亮くんのことは、やっぱり最初はゴールドクラッシャーではなく、彼氏だって紹介したいなって、お母さんとユキ姉には……ユキ姉にはなんとなく無理かもと思ってたけど」

照れながらの恵梨花の言葉に、華恵が苦笑を浮かべる。

「それは……ええ、そうね。仕方のないことだと思えるわ」

「あ、そういえばあと一つ理由あったよ」

「えーと、何かしら？　理由としてはもう納得してるけど」

華恵の問いに、恵梨花は悪戯っぽく笑って答えた。

「ユキ姉とお母さんへのサプライズ」

「……ハナ、あなたって子は……ああ、でも、事前に聞いても信じられなかったら、結局はサプライズになってたのね……」

「……うーん、私は事前に聞いてたらどうだったんだろう……でも、これは確かよ。そのサプライズは私には、とびっきり嬉しくて驚いたことだったわ」

華恵と雪奈の感想に恵梨花が満足してニンマリすると、亮が複雑そうな顔で声をかけてきた。

「なあ、恵梨花……恵梨花さんや」

亮の初めて聞くような口調や呼びかけに、恵梨花は動揺して肩を揺らす。

「え？　な、何その呼び方⁉　どうしてさん付けなの⁉」

「いや……俺は今日、この家に入ってからずっと、サプライズされ続けてる気分なんだが……」

この時、藤本家の家族全員の顔がものの見事にピシッと固まった。

「あ――、ご――ごめんなさい、亮くん！　亮くんを驚かせることになるとは、わかってたんだけど、でも、それはユキ姉のことだけだって思ってて……本当にこんなことになるなんて――」

「本当にそうね――うちの家族が申し訳ないわ、亮くん。初めて家に来てくれたっていうのに――」

恵梨花と華恵からそれぞれ申し訳なさそうに謝られて、亮はどう言ったものかという顔をしている。

「いや、まあ、別に怒ってはいないんだが……あ、お母さんに関しては若過ぎて驚きはしましたけど、それはこっちが勝手に驚いただけで、別にお母さんが悪い訳でもないですし……」

「まあ、ふふっ」

亮の返しに非常に嬉しそうにする華恵。

「まあ、なんだ、不可抗力なんだろうが恵梨花……ほどほどにしてくれ。体力には自信はあるが、こうも連続すると、流石に俺でもな……」

「あああ！　ごめんなさい、ごめんなさい、亮くん！　本当にごめんなさい‼」

どこか煤《すす》けて黄昏《たそが》れたような顔になってしまっている亮に、恵梨花はもうペコペコと頭を下げることしか出来なかった。

そして亮がそうなった最大要因であると言える父と純貴は、非常にバツの悪い顔で、申し訳なさそうで、居た堪れないように顔を背けていて——そんな二人に気づいた雪奈が、ふと思い出したように言った。

「気になってたんだけど、どうしてお父さんとお兄ちゃんがいるの？　……そういえば私が帰ってきた時、亮さんと一緒に庭で何してたの？　あと、亮さんに失礼なことしたとか言ってたけど……何があったの？」

その時の父と純貴の顔は、死刑を待つ囚人のようだったそうな——。

平凡{Bグループ}を装う 学園のアイドル
地味男子×美少女
原作 櫻井春輝
漫画 梵辛
シリーズ累計
24万部!!
Bグループの少年X【クロス】
The Boy Who belongs to Group "B" Cross
1~3
大好評発売中!
新感覚
ボーイ・ミーツ・ガール、開幕!
中学時代、「A(目立つ)グループ」に属していた桜《さくら》木《ぎ》亮《りょう》。彼は平穏に生きるため、高校ではひっそりと「B(平凡)グループ」に溶け込んでいた。ところが、特Aグループの美少女・藤《ふじ》木《もと》恵《え》梨《り》花《か》との出会いをきっかけに、亮の日常は大きく変化していく——!
大人気の青春エンタメ作品、リブート第1巻!!
◎B6判 ◎各定価:本体680円+税
アルファポリス 漫画 検索

辺境から始まる元最強竜転生ファンタジー

コミックス
1~4巻
好評発売中!

最強最古の神竜は、辺境の村人ドランとして生まれ変わった。質素だが温かい辺境生活を送るうちに、彼の心は喜びで満たされていく。そんなある日、付近の森に、屈強な魔界の軍勢が現れた。故郷の村を守るため、ドランはついに秘めたる竜種の魔力を解放する!

1~18巻 好評発売中!

各定価：本体1200円+税　illustration：市丸きすけ

漫画　：くろの　B6判
各定価：本体680円+税

この作品に対する皆様のご意見・ご感想をお待ちしております。

おハガキ・お手紙は以下の宛先にお送りください。

【宛先】

〒150-6005東京都渋谷区恵比寿4-20-3恵比寿ガーデンプレイスタワー5F
（株）アルファポリス　書籍感想係

メールフォームでのご意見・ご感想は右のＱＲコードから、
あるいは以下のワードで検索をかけてください。

アルファポリス　書籍の感想　検索

ご感想はこちらから

本書はWebサイト「アルファポリス」（https://www.alphapolis.co.jp/）に投稿されたものを、改稿、加筆のうえ書籍化したものです。

Bグループの少年7

櫻《さくら》井《い》春《はる》輝《き》　著

2020年1月6日初版発行

編集－宮本剛
編集長－太田鉄平
発行者－梶本雄介
発行所－株式会社アルファポリス
〒150-6005東京都渋谷区恵比寿4-20-3恵比寿ガーデンプレイスタワー5F
TEL 03-6277-1601（営業）03-6277-1602（編集）
URL https://www.alphapolis.co.jp/
発売元－株式会社星雲社
〒112-0005東京都文京区水道1-3-30
TEL 03-3868-3275
イラスト－黒獅子
デザイン－ansyyqdesign(annex)
印刷－中央精版印刷株式会社

価格はカバーに表示されてあります。

落丁乱丁の場合はアルファポリスまでご連絡ください。

送料は小社負担でお取り替えします。


ISBN978-4-434-26888-5 C0093